AF126264

Franz Hartmann

Beitrag zur Litteratur über die Wirkung des Chloroforms

Anatiposi

Franz Hartmann

Beitrag zur Litteratur über die Wirkung des Chloroforms

Unveränderter Nachdruck der Originalausgabe von 1855.

1. Auflage 2023 | ISBN: 978-3-38200-868-0

Anatiposi Verlag ist ein Imprint der Outlook Verlagsgesellschaft mbH.

Verlag: Outlook Verlag GmbH, Zeilweg 44, 60439 Frankfurt, Deutschland
Vertretungsberechtigt: E. Roepke, Zeilweg 44, 60439 Frankfurt, Deutschland
Druck: Books on Demand GmbH, In de Tarpen 42, 22848 Norderstedt, Deutschland

BEITRAG

ZUR LITTERATUR

ÜBER DIE

WIRKUNG DES CHLOROFORMS,

(PRO VENIA LEGENDI)

GESCHRIEBEN

VON

Dr. Franz Hartmann.

GIESSEN, 1855.

FERBER'SCHE UNIVERSITÄTS-BUCHHANDLUNG,

EMIL ROTH.

Einleitung.

Von jeher waren zwei mächtige Feinde, welche oft als nicht zu besiegende, das zur Ausübung der Kunst erhobene Messer des Chirurgen wieder sinken liessen: Diese Feinde waren die Blutung und der Schmerz. Es war daher natürlich, dass die Aerzte aller Zeiten und aller Nationen diesen beiden Feinden mit aller ihnen zu Gebote stehenden Macht entgegenzogen. Mit der Blutung wurden sie bald fertig, anders aber war es mit dem Schmerz. Ich übergehe die Mittel, deren sich die Alten bedienten vom Stein „Memphites" der Griechen und Römer an, bis zu dem romantischen Treiben eines Mesmer und Balsamo, welcher Letztere Marat zeigte, wie man operiren könnte, ohne dass der Kranke Schmerz empfinde. Es waren theils Illusionen, theils Charlatanerien, das Mittel, welches den Schmerz linderte oder aufhob, blieb ein bis jetzt unerreichter Wunsch, und als auch Sydenham's Ausspruch: „sedat mehercule opium!" sich nicht bestätigte, da liessen die Aerzte von ihren vergeblichen Versuchen ab und gaben sich der Ruhe hin. Wie freudig musste desshalb die Erfindung begrüsst werden, welche in dem Aether ein Mittel erkannte, den Schmerz unter die Herrschaft des menschlichen Geistes zu stellen.

Schon im 13. Jahrhundert war der Aether gekannt und wurde von Paracelsus in den Schriften der Alchymisten Soll und Basilius Valentinus ein „remedium thaumaturgicum" genannt. Valerius Cordus stellte ihn zuerst dar und nannte ihn oleum vitriole dulce. Die Erfindung kam in Vergessenheit, bis sie 1729 von Frobenius, einem Deutschen, derselben entrissen und Aether genannt wurde. Drei Jahrhunderte nach der Erfindung, im Jahr 1846, lehrte Jackson (nach Anderen J. C. Warren), Arzt zu Boston, die Eigenschaft des Aethers, den Schmerz bei Operationen aufzuheben *). Von dieser

---

*) Wie es überhaupt zu geschehen pflegt, so stritten sich auch hier die Aerzte in den öffentlichen Zeitschriften um den Ruhm der ersten Anwendung, besonders Dr. Wells zu Herford und Ducros. Doch stimmen die meisten Aerzte darin überein, dass Jackson dieser Ruhm gebühre.

Zeit an gebrauchte man denselben bei allen chirurgischen Operationen, und nur Einzelne wurden durch die hier und da vorgekommenen Todesfälle abgeschreckt.

Man hat die Frage aufgeworfen: Darf man überhaupt den Schmerz aufheben oder nicht. So lächerlich diese Frage auf den ersten Blick erscheinen mag, so hat sie doch manche Feder pro et contra in Bewegung gesetzt, und der Streit darüber, welcher mit der ersten Inhalation des Aethers begonnen, ist zum Theil jetzt noch nicht entschieden. Abgesehen davon, dass die Todesfälle, deren Ursache man dem Aether oder Chloroform zuschrieb, einige furchtsame Aerzte und Kranke abschreckte, suchte man auch durch geschraubte physiologische Gründe die Anwendung der Inhalationen zu verbannen, und Roux behauptete, dass der Schmerz selbst ein Heilmittel sei, da er, durch die Sensibilität hervorgerufen, die dem Organismus drohende feindliche Gewalt anzeige und desshalb nicht aufgehoben werden dürfe. Wenn auch vielleicht von der Physiologie gegen diese Gründe nichts geäussert werden kann, so sind sie doch gänzlich von den Erfahrungen in der Praxis widerlegt und Roux selbst fand diese Widerlegung in seiner eigenen. Wenn nun aber noch Physiologen, wie Magendie, gegen die Aetherisation auftraten, so musste allerdings dadurch ein Nachtheil für diese Methode erwachsen*). Der Vortheil, welchen Aerzte und Kranke von der Aetherisation hatten, war zu gross, als dass man ihn einer physiologischen Spitzfindigkeit hätte aufopfern sollen, und als Dieffenbach sich für die Aetherisation erklärte, da mussten die Stimmen eines Roux und seiner Anhänger schweigen. Doch ganz schwiegen diese Stimmen nicht, sie murmelten, und als man anfing, auch bei Gebärenden die Narkose zur Linderung des Wehenschmerzes zu gebrauchen, da murmelte es immer lauter, bis das Murmeln in ein lautes Geschrei ausbrach, das von den Pietisten ausging. Bis jetzt hatte sich der Streit nur auf ärztlichem Boden bewegt, nun aber glaubte die Geistlichkeit in dem Stillen des Wehenschmerzes eine Verletzung der Bibel zu sehen, gegen welche sie ankämpfen müssten. Zu bedauern, aber nicht nachzuahmen ist es, wenn Montgomery zu Dublin sich nicht enthalten kann, gegen die Anwendung des Chloroforms in der

---

*) Weiss führt (in seiner Dissert. inaug. de remed. anaesthet. Berl. 1853) Magendie's Worte an: Indignum esse medico, operationi submittere hommem vi manuque inebrium; semper exoriri dicit (Magendie) satyriasin, nymphomaniam statusque bacchicos, qualis puellis forsan quibusdam Parisiensibus superveniunt quippe quae exaltatae, ergo aethere quoque ebriae, imi animi partem revelare soleant.

regelmässigen Geburt mit religiösen und teleologischen Gründen zu kämpfen.

Der Aether freute sich nicht lange seines Triumpfes. Schon im folgenden Jahre (1847) legte Flourens am 8. März der pariser Academie die Resultate vor, welche er durch die Einathmung von Chloroform erhalten, und am 10. November desselben Jahres veröffentlichte J. J. Simpson zu Edinburg der medicinisch-chirurgischen Facultät die Resultate der Chloroforminhalationen bei chirurgischen und geburtshilflichen Operationen.

Schon 1843 soll der Amerikaner Guthrie bei Versuchen, wie er am leichtesten und wohlfeilsten Salzäther darstellen könnte, das Chloroform gefunden und ihm, da er es für eine Lösung von Elaylgas in Weingeist hielt, den Namen Chloräther (Elaylchlorür) gegeben haben. Nach Anderen, und diese bilden die Mehrzahl, soll es von Soubeiran 1831 zu Paris entdeckt und von Liebig 1832 und Dumas 1834 (1835) näher untersucht und beschrieben worden sein. Von 1844 an gebrauchten Guillot, Simpson, Formby u. A. das Chloroform als Reizmittel. Als Flourens seine Versuche an Thieren bekannt machte, kannte auch bereits Bell in London, welcher zuerst damit an Menschen experimentirte, die betäubende Eigenschaft des Chloroforms, doch veröffentlichte Niemand dieselbe, weil der Aether genügte und überdies viel billiger war, auch man die Vorzüge des Chloroforms noch nicht zu schätzen wusste. Erst als Simpson seine Resultate veröffentlicht hatte, wandte sich das ärztliche Publicum zu diesem Mittel, und viele Versuche, welche in Frankreich (Miller, Duncan, Sédillot) und in Deutschland gemacht wurden, konnten nur, wenn sie auch im Einzelnen differirten, im Allgemeinen die Erfolge von Simpson bestätigen.

Nach Huttmann und Scott's*) Briefen über Dämonologie soll das Chloroform schon in früher Zeit (1567) bekannt und als betäubendes Mittel angewandt worden sein. Nach Simpson's Veröffentlichung entstand der Streit, ob der Aether oder das Chloroform den Vorzug verdiene. Nicht zu läugnen war, dass die Inhalationen des Aethers manche Unbequemlichkeiten hatten. Der Aether erregte Brennen in der Kehle und der Brust, Husten, Erbrechen; man bedurfte oft einer sehr langen Zeit bis zur Narkose; er war den Kranken unangenehm, und manche weigerten sich daher, ihn weiter einzuathmen; auch konnten sich die Aetherdünste, wenn bei Licht operirt werden musste, entzünden und dadurch schädlich werden. „Les inconvénients."

---

*) Liebig und Kopp, Jahresbericht 1847 und 1848 pag. 680.

sagt Sédillot, „étaient légers sans doute en comparaison des
„bénéfices de l'insensibilité; on pouvait même les amoindrir et
„les supprimer en partie par une suffisante expériense; mais
„enfin ils existaient, et c'est dans cet état de choses que M.
„le professeur Simpson, d'Edinbourg est venu recommander le
„chloroforme dont les effets lui ont paru supérieurs á ceux de
„l'éther."*) — Die chirurgische Klinik zu München veröffentlichte in Deutschland zuerst die glücklichen Resultate, welche
sie durch die Chloroforminhalationen erzielt hatte. Fast zu
derselben Zeit wandte man das Chloroform auch zu Erlangen
und Berlin an. Bald drang es in alle Klinike, in die Hände
der Privatärzte, der Laien und schliesslich in die der Zahnärzte,
und so artete der Gebrauch desselben leider nur zu bald in
Missbrauch aus. —

Die Arbeit sollte den Zweck haben, die Wirkung des Chloroforms, soweit solche bis jetzt durch Versuche an Thieren ermittelt
worden, durch neue Versuche zu prüfen. Insbesondere war es mein
Bestreben, die Hypothesen über die Ursache des Chloroformtodes,
soweit dieses auf dem Wege des Experimentes möglich war, einer
gründlichen Untersuchung zu unterwerfen. Obgleich schon viele
Versuche über diesen Gegenstand veröffentlicht sind, so glaubte ich
doch denselben die in der vorliegenden Abhandlung vorgeführten
noch hinzufügen zu müssen. Das Resultat eines Versuches kann
nicht massgebend sein. Nur wenn das Resultat aus einer Summe
von Versuchen dasselbe ist, kann es als Norm aufgestellt werden.
Die Resultate finden sich bei jeder Reihe kurz zusammengestellt.
Zugleich habe ich den Gebrauch des Chloroforms in den verschiedenen Zweigen der Medicin erwähnt und versucht, einen kurzen
Ueberblick über die Resultate zu geben. Bei jeder Rubrik habe ich
eine Anzahl verschiedener Fälle erwähnt, und wo es mir von Nutzen
schien, kurze Krankengeschichten hinzugefügt. Alle Fälle anzuführen, war bei der ungeheueren Litteratur, die im Augenblick über
die Anwendung des Chloroforms in verschiedenen Krankheiten existirt,
unmöglich. Damit der Arzt im vorkommenden Falle (insofern es
ihm von Vortheil scheint) sich des Chloroforms nach der einmal
bewährten Anwendungsweise bedienen kann, habe ich, wo ich es
für werth hielt, die Art der Application hinzugefügt.

*) Gazette médicale de Strasbourg 1847, Nro. 12.

Darstellung und Prüfung des Chloroforms.

Die Darstellung und Prüfung des Chloroforms glaubte ich desshalb kurz erwähnen zu müssen, weil ich mich im Folgenden auf Erstere berufen werde und Letztere für den Arzt wichtig ist. —

Ueber die Darstellung des Chloroforms sind viele Arbeiten publicirt worden. Soubeiran, Meurer, Laroque und Huraut, Godefrin, Carl und Kessler beschrieben die Darstellung aus Weingeist mittelst Chorkalk; letzterer beschrieb die Darstellung im Grossen. Pierloz-Feldmann lieferte die Darstellung aus einer Mischung von Chloräthyl und Weingeist mittelst Chorkalk; R. Böttger die aus essigsaurem Natron mittelst Chlorkalk; Reich die aus essigsaurem Natron mittelst unterchlorigsaurem Natron. Wakenroder hat über die Resultate prüfender Versuche hinsichtlich der Bereitung aus Weingeist oder aus essigsaurem Natron mittelst Chlorkalk berichtet und Siemerling über die hinsichtlich der Bereitung aus Weingeist, Aceton und Holstgeist mittelst Chlorkalk.*) Lehmann sagt: Formylsuperchlorid, Chloroform, C_2HCl_3 oder $H \frown C_2 . Cl_3$, wird erhalten, wenn 10 Theile Chlorkalk mit 30 Theilen Wasser und 1 Theil 80%haltigem Weingeist gemengt und destillirt werden, das Destillat wird über Aetzkalk rectificirt; es ist eine farblose, ölige Flüssigkeit, specif. Gewicht = 1.480, siedet bei + 60°, lässt sich nicht entzünden; löst sich in Alkohol und Aether, nicht in Wasser; unter letzterem zersetzt es sich nicht, wohl aber bei Zutritt der Luft und Licht.

Mit destillirtem Wasser geschüttelt, darf das Chloroform sich nicht trüben. Das alkoholhaltige wird opalisirend. Das reine Chloroform darf nicht an Volumen abnehmen, wenn es mit einer Mischung aus gleichen Theilen Wasser und concentrirter Schwefelsäure geschüttelt wird (Kessler). Eine Verminderung des Volumen würde Alkohol anzeigen. Das alkoholhaltige Chloroform färbt sich mit Chromsäure oder zweifach chromsaurem Kali und Schwefelsäure grün (Cattel).

---

*) Liebig und Kopp, Jahresbericht 1847 und 1848 pag. 680.

Der Luft ausgesetzt soll es sich mit Bildung von Chlor, Salzsäure und anderer Producte zersetzen (Morson)*). — Es darf kein Chlorsilber mit salpetersaurem Silber bilden, kein Eiweiss koaguliren, in der Nähe eines brennenden Körpers darf es sich nicht entzünden, beim reiben auf der Haut darf es diese weder röthen, noch Blasen darauf hervorbringen (N. Berendt). —

Beschreibung der Apparate.

Bevor ich die Versuche beschreibe, wird es nöthig sein, einige Worte über die Apparate, derer ich mich bei den Experimenten bediente, vorauszuschicken.

Apparat Nr. 1.

Dieser Apparat diente zur Nachweisung des Chloroforms in den Flüssigkeiten und war, wie folgt, construirt. A ist eine Röhre von sehr schwer schmelzbarem Glase oder Porcellan, welche an beiden Enden mit zwei Gefässen B und C durch die gebogenen Glasröhren a und b in Verbindung ist. In dem Gefässe B befindet sich eine Lösung von salpetersaurem Silberoxyd; einige Linien über das Niveau derselben erstreckt sich die Glasröhre a. Eine andere Glasröhre c, in deren Höhlung sich ein Streifen Papier d, welcher mit Jodkalikleister bestrichen ist, befindet, reicht, einige Linien unter dem Korke hervorstehend, in dasselbe Gefäss. Ebensoweit erstreckt sich die Röhre b in das Gefäss C. Eine andere, bis beinahe auf den Boden von C reichende Glasröhre, wird in f mit einem Schlauche in Verbindung gebracht, an dessen Ende ein Blasbalg befestigt werden kann. Die Röhre A wird nun in g bis zum Rothglühen erhitzt und dann einige Male mittelst des Blasbalges atmosph. Luft durch den Apparat getrieben. Hat sich hierbei die Flüssigkeit und die Farbe des Papiers nicht verändert, so bringt man die auf Chloroform zu prüfende Flüssigkeit in das Gefäss C und sucht durch gelindes Blasen einen Luftstrom durch die glühende Röhre zu bewirken. Das in der Flüssigkeit etwa befindliche Chloroform wird diesem Luftstrome folgen, dabei aber in der Glühhitze in Kohle, Chlor und Salzsäure zerlegt werden, von welchen das Chlor durch Bildung von Chlorsilber in der Lösung des salpeter-

---

*) A. a. O. pag. 681.

sauren Silberoxyds und durch Befreiung des Jods unter Bildung von Chlorkalium an der violetten Färbung des Kleisters erkenntlich wird. Befindet sich blaues Reagenspapier in der Glasröhre c, so wird dieses von der Salzsäure geröthet (Forget).

Zur Erzielung eines höheren Hitzegrades kann man eine schwer schmelzbare Glasröhre noch mit Porcellanscherben füllen; es wird dadurch zugleich eine grössere Berührungsfläche gewonnen.

Apparat Nr. II.

Dieser Apparat diente dazu, um bei den Inhalationen die atmosphärische Luft soviel wie möglich abzuhalten. In das Gefäss A reichten zwei Röhren, von welchen die Eine a, welche die Communication der äusseren Luft mit der des Gefässes unterhielt, bis dicht über das in dem Gefässe befindliche Chloroform sich erstreckte, die Andere b nur etwa einen halben Zoll unter dem Korken hervorstand. In e war diese Glasröhre mit einem Schlauche d in Verbindung, in dessen Endöffnung e die in der Trachea des Thieres befindliche Canüle passte. Die inspirirte Luft sowohl, wie die exspirirte musste ihren Weg durch den Apparat nehmen.

Apparat Nr. III.

Es wurde hierzu derselbe Apparat wie in Nr. II. genommen, nur wurde die Glasröhre a in das Chloroform hineingeschoben. Zum Gebrauche wurde in e eine Spitze f mit sehr feiner Oeffnung eingebracht und das äussere Ende der Glasröhre a durch einen zweiten Schlauch g mit einem Blasbalg verbunden. Wirkte der Blasbalg, so wurde der Chloroformdunst mittelst des erzeugten Luftstromes durch die Oeffnung der Spitze e getrieben und konnte so nach jedem Organe hingeleitet werden.

Apparat Nr. IV.

Dieser Apparat wurde so construirt, das man das Ende o des Schlauches X mit der Glasröhre e in f und das Ende p mit der Canüle in Verbindung brachte. Die Stellung des Krahnes bei a erlaubte die Communication der atmosphärischen Luft mit den Lungen und diente zur Inspiration; die Stellung bei b zwang die exspirirte Luft durch den Apparat Nr. I. Er diente zur Nachweissung des Chloroforms in der exspirirten Luft.

Versuche über die Wirkung des Chloroforms.

1. Reihe.

Bei einer Anzahl Kaninchen wurden Chloroforminhalationen, mit der Vorsicht, dass die atmosphärische Luft Zutritt hatte, so lange fortgesetzt, bis die Thiere folgende Erscheinungen darboten. Sie lagen auf der Seite mit geöffneten Augen und weiter Pupille. Die Iris reagirte nicht mehr. Die Zahl der Athemzüge war bis zwischen 60 und 80 gesunken. Die Berührung der Conjunctiva bulbi und der Nasenschleimhaut erregte keine Reflexthätigkeit. In diesem Zustande wurden mehrere von Haaren entblöste Stellen der Haut, ferner blosgelegte Muskeln und Nerven mit rauchender Salpetersäure überstrichen, dann mit derselben Säure durchtränkte Charpiebündel auf diese Stellen gelegt; es trat keine Reflexerscheinung auf und die Thiere gaben kein Zeichen des Schmerzes von sich. Electricität auf die grösseren Nervenstämme (nerv. ischiadicus) geleitet, rief schwache Zuckungen der Muskeln hervor.

Mit diesen Resultaten stimmen die, welche Hirschfeld an Kaninchen und Fröschen erhalten, vollkommen überein. Oeffnet man Kaninchen, welche sich in diesem Zustande der Narkose befinden, die Trachea, und führt eine Canüle ein, so wird diese ohne Reaction ertragen.

Um Kaninchen in diesen Zustand überzuführen, gehört ein Zeitraum von 5—12 Minuten, während welcher man den Thieren die mit Chloroform befeuchtete Compresse vorhalten muss. Es ist dies anfangs nicht leicht auszuführen, indem die Thiere sich ungemein gegen die Inhalationen sträuben.

Eine andere Anzahl Kaninchen wurde in einen niederen Grad der Narkose übergeführt. Reizung der Haut und Muskeln blieb ohne Reaction. Reizung der grösseren Nervenstämme aber rief heftige Zuckungen des ganzen Gliedes, Reizung der Nasenschleimhaut, eine Bewegung des Kopfes, Reizen der Trachealschleimhaut, Husten hervor und auf Berührung der Cornea schlossen die Thiere die Augen.

In Betreff der Zeit, während welcher die Reizempfänglichkeit abnimmt, kam ich zu den Resultaten, dass, nachdem die Athemzüge bis auf 52 in der Minute gesunken, noch Reaction auf Reiz der Nasen- und Trachealschleimhaut statt fand, und dass die Augenlider auf Berührung des bulbus sich noch schlossen, wenn die Thiere bereits 1—3 Minuten durch die geöffnete Trachea das fast reine Chloroform eingeathmet hatten.

Nach diesen Untersuchungen komme ich zu dem Schluss,

1) dass es ein Stadium der Chloroformnarkose gibt, in welchem alle Empfindung und alle Reflexthätigkeit vollständig aufgehoben sind und nur die Electricität noch Reaction hervorrufen kann;

2) Dass in den niederen Graden je nach der Reizempfänglichkeit der pheripherischen Nervenendigungen die Empfindung und Reflexthätigkeit aufgehoben sind, d. h. dass diejenigen Nervenendigungen, welche am meisten zu Reflexerscheinungen disponirt sind, am längsten diese Fähigkeit behalten, also zu deren Aufhebung ein höherer Grad der Narkose erforderlich ist.

2. Reihe.

Eine Anzahl Kaninchen wurde bis zur vollständigen Anästhesie chloroformirt, darauf die Trachea geöffnet und eine Canüle eingeführt, was ohne eine reflectorische Erscheinung geschehen könnte.

Man muss hierbei indessen die Vorsicht gebrauchen, dass man die Thiere, sowie die Incision der Trachea gemacht ist, wieder von Neuem Chloroform einathmen lässt, weil die Dauer der Operation zum Theil eine Erholung des Thieres herbeigeführt hat; ohne diese Vorsicht erregt die Einführung der Canüle stets Husten.

Die Canüle, bestehend in einem elastischen Catheder, wurde an das Ohr des Thieres festgebunden und letzteres bis zur vollständigen Rückkehr aus der Narkose in einen Kasten gesetzt. Der Uebergang aus dem höheren Grade der Narkose in den niederen deutete sich durch die Wiederkehr der Sensibilität der Trachealschleimhaut (Husten) und durch die Beschleinigung der Respiration an.

Nach Verlauf von etwa zwei Stunden wurden die Thiere mit dem Apparate Nr. II. dergestalt in Verbindung gebracht, dass man das hervorstehende Ende der Canüle in die Oeffnung e des Schlauches d steckte und dadurch die Thiere zwang, die mit Chloroform gesättigte Luft einzuathmen. Jeder Athemzug brachte bedeutenden Husten hervor, so dass nur in Absätzen das Chloroform eingeathmet werden konnte. Nachdem ungefähr eine halbe Stunde lang auf diese Art die Inhalationen fortgesetzt worden waren, wurden die Thiere ruhig und athmeten nun auf vier Füssen sitzend das Chloroform ohne irgend welche Beschwerden ein. Nach weiteren 5—10 Minuten lang fortgesetzten Inhalationen wurde die Respiration seltener und sank bis auf etwa 50 Athemzüge in der Minute.

Es konnten die Athemzüge sehr leicht an dem im Glase befindlichen Chloroform abgezählt werden, da dieses bei jeder In- und Exspiration sich bewegte. Das Chloroform hatte sich während der Inhalationen mit einer trüben Oberfläche bedeckt, welche Trübung bei jeder Exspiration zunahm. Trotz dem, dass die Zahl der Athemzüge immer abnahm, folglich auch eine Verminderung der durchströmenden exspirirten Luft statt fand, nahm diese Trübung doch in bedeutenderem Grade zu, als anfangs bei der beschleunigteren Respiration.

Nachdem die Zahl der Athemzüge bis auf 40 in der Minute gesunken und auf dieser Stufe etwa eine Minute geblieben waren, fielen die Thiere um, und die Respiration begann sich wieder zu beschleunigen, ohne jedoch ihre normale Frequenz zu erreichen. Dann nahmen die Athemzüge wieder schnell ab um bald ganz aufzuhören. Die Inhalationen hatten im Mittel 20—30 Minuten gedauert.

Bei einer anderen Anzahl Kaninchen wurde die Chloroformirung nur bis zum Stadium der unvollkommenen Anästhesie getrieben, die Trachea geöffnet und eine Canüle eingeführt. Die Operation ging ohne eine Aeusserung der Empfindung von Statten — nur als die Canüle die Trachealschleimhaut berührte, trat Husten ein, welcher oft so stark war, dass er die Canüle wieder herausschleuderte. Ohne erst ein völliges Verschwinden der Narkose abzuwarten, wurden die Thiere auf die vorher beschriebene Art mit dem Apparate Nr. II. in Verbindung gebracht. Anfangs erregte die Inhalation des Chloroforms heftigen Husten, doch bald verminderte er sich, und nach einem Zeitraume von 1—3 Minuten wurde das Chloroform ohne alle Beschwerden ertragen. Nach etwa weiteren 40 Secunden bis 2 Minuten nahm die Frequenz der Athemzüge schnell ab, die Respiration wurde unregelmässig, bald darauf der Puls, die Pupille contrahirte sich sehr stark und die Thiere starben.

Drei Kaninchen wurde die Trachea geöffnet, und eine Canüle, welche an dem hervorstehenden Ende eine kleine Oeffnung hatte, in dieselbe eingeführt. Nachdem die Canüle durch eine um die Trachea herumgeführte Ligatur befestigt worden, wurden die Thiere mit dem Apparat Nr. II. wie vorher verbunden. Der Husten war gering, auch sträubten sich die Thiere weniger gegen die Inhalationen. Nach ungefähr 30—40 Minuten erfolgte der Tod.

Bei diesen sämmtlichen bisher erwähnten Versuchen wurden sowohl während der Inhalationen durch den Apparat, sowie auch ehe die Trachea geöffnet war, Vergleiche angestellt, in wie weit man den Zutritt der Luft gänzlich abschliessen kann. Ich erwähnte bereits, dass die meisten Operationen in der Chloroformnarkose ausgeführt wurden. Comprimirte man nun die freigelegte Trachea, so erfolgte augenblicklich ein kräftiges Zucken des ganzen Körpers, so dass er fast aus den Händen des Assistenten geschleudert wurde. War die Trachea geöffnet und kam Blut in diese Oeffnung, so dass dadurch der Eintritt der Luft behindert war, so arbeiteten alle Inspirationsmuskeln mit verdoppelter Kraft, um die nöthige Menge Luft aufzunehmen. Comprimirte man, nachdem die Thiere bereits 8 Minuten lang das Chloroform in kleinen Intervallen eingeathmet hatten und die Zahl der Athemzüge bis auf 88 in der Minute gesunken war, die Canüle, so erfolgte ein heftiges Sträuben und krampfhaftes Winden des Thieres. Selbst wenn die Athemzüge bis auf 50 in der Minute gesunken, die Respiration unregelmässig war, die Thiere ausgestreckt auf der Seite lagen, keine Reflexthätigkeit mehr erregt werden konnte, warfen sie sich noch mit einer krampfhaften Bewegung auf die andere Seite, wenn man die Canüle comprimirte.

Wurde in den letzten Versuchen die Canüle oberhalb der für das Eindringen der atmosphärischen Luft bestimmten Oeffnung comprimirt, so dass also der Zutritt derselben zu den Lungen nicht gehindert war, so suchten die Thiere, wenn sie bereits 8—10 Minuten lang Chloroform eingeathmet hatten, durch Bewegungen des Körpers und der Extremitäten dem Athmungshinderniss zu entfliehen oder es zu beseitigen. Comprimirte man aber bei vollständiger Narkose, so vermehrte sich nur die Anstrengung der Respirationsmuskeln, so dass die Luft durch die kleine Oeffnung mit hörbarem Geräusche in einer langen Inspiration eingezogen und ebenso in langer Exspiration ausgestossen wurde; das Thier aber blieb sonst ruhig.

Zwei Kaninchen wurden den Chloroforminhalationen unter Zutritt der atmosphärischen Luft so lange unterworfen, bis sie starben. Der Tod trat nach etwa 20—30 Minuten ein.

Kurz vor dem Tode pflegen die meisten Kaninchen ein leises Wimmern hören zu lassen. Ich habe dieses so oft wahrgenommen, dass ich dasselbe für das Zeichen des herannahenden Todes zu betrachten gewohnt bin. Unterbricht man bei diesem Wimmern die Inhalationen, so kehren die Thiere wieder zum Leben zurück. Bei fortgesetztem Chloroformiren treten bald mastikatorische Krämpfe, Zähneknirschen, Schwimmbewegungen, besonders mit den vorderen Extremitäten auf; der Kopf wird häufig noch ein Paar mal nach hinten geworfen, worauf die Thiere rasch zu Grunde gehen. Beim Auftreten der Krämpfe, oft auch schon vorher, wird die Respiration unregelmässig, dann der Puls. Constant geht die Unregelmässigkeit der Respiration der Unregelmässigkeit des Pulses voraus und die Re-

spiration hört auf, während das Herz noch einige Secunden
pulsirt. Bei einer Katze schlug das Herz noch 40 Secunden
nach Sistirung der Respiration. Stellte ich die Belebungsversuche
während dieser Zeit, wo das Herz noch schlug, durch Lufteinblasen an, so gelang es mir in der Regel, die Respiration
wieder in Gang zu bringen. Um die künstliche Respiration
zu bewirken, wurde das Ende c des Schlauches d (Apparat
Nr. II.) mit einem Blasbalg verbunden. Ein Assistent handhabte
diesen, während ich durch Druck auf den Bauch und die Brust-
wandung die Exspiration besorgte.

Sectionsbefunde. Die Todesstarre hatte, wo sie eingetreten
war, die gewöhnlichen Eigenschaften. Die Substanz des Gehirns
und der medulla spin. war meistens blutarm, während die Venen
der Hirnhäute und die venösen Sinus mit dunklem Blute strotzend
gefüllt waren. Die Schleimhaut des Kehlkopfs war oft etwas injicirt,
oft normal; ebenso verhielt sich die Schleimhaut der Trachea und
der Bronchien. Die Lungen zeigten, je nach der Stärke der Lufteinblasungen einen höheren oder geringeren Grad von Emphysem
an den Rändern; im Uebrigen boten sie bald eine mehr blasse, bald
eine mehr rothe Farbe dar. Das Herz machte in der Regel noch
Zuckungen. — Wo es regungslos in der Brusthöhle lag, konnten
diese Zuckungen, die sich oft bis zu vollständigen Contractionen
steigerten, durch leise Berührung des Herzmuskels hervorgerufen
werden. Die Höhlen des rechten Herzens, sowie die grossen Venen
waren mit dunklem Blute gefüllt, welches je nachdem die Section
früher oder später gemacht wurde, flüssig oder coagulirt war. Das
linke Herz und die Arterien waren leer. Zweimal fand ich Luftblasen im Blute des rechten Vorhofes. Da bei diesen beiden Thieren
forcirte Lufteinblasungen stattgefunden hatten, so ist ihr Dasein nur
einem mechanischen Ursprunge zuzuschreiben. In keinem anderen
Falle wurden Luftblasen beobachtet. Der Herzbeutel enthielt nur
eine fast unmerkliche Quantität Flüssigkeit. Das in den Herzbeutel
eingegossene Chloroform verminderte weder die Contractionen, noch
vermochte es die durch Berührung hervorgebrachten zu verhindern.
Die Gedärme lagen ruhig in der Bauchhöhle. Bei Berührung trat
der motus peristalticus auf. Der Urin enthielt keinen Zucker. In
dem Blute des rechten Herzens und der grösseren Venen wurde
das Chloroform mittelst des Apparates Nr. I. nachgewiesen. Ein
anderes Phänomen zeigte sich hierbei, nämlich die dunkle Farbe
des venösen Blutes wurde durch die Berührung mit der atmosphärischen
Luft allmählig heller.

Ein Vergleich dieser auf drei verschiedene Arten angestellten Versuche führt zu dem Resultate, *dass die Dauer von der ersten Inhalation bis zum Tode dieselbe ist, ob man die Inhalationen durch den Kehlkopf oder durch die geöffnete Trachea anwendet, mithin ein Hinderniss im Kehlkopf als Todesursache nicht vorliegen kann.* Wenn im Einzelnen auch ein kleiner Unterschied in der Dauer stattfindet, so gleicht er sich im Mittel doch aus, und rührt er daher, dass man den Zutritt der atmosphärischen Luft bei Anwendung der Leinwandcompresse nie controlliren kann, da die Thiere mit aller Macht den Inhalationen des Chloroforms zu entgehen suchen.

3. Reihe.

Bei einer Anzahl Kaninchen wurde die Trachea geöffnet, eine Canüle eingeführt und dieselbe durch eine Ligatur in der Trachea befestigt. Darauf wurde das Thier festgebunden, überdiess noch von einem Assistenten gehalten und die Canüle mit dem Schlauche des Apparates Nr. II. in Verbindung gebracht. Der Zutritt der atmosphärischen Luft war insofern abgeschlossen, als nur diejenige eingeathmet werden konnte, welche den Apparat durchzogen hatte. Die ersten Inhalationen erregten einen furchtbaren Husten. Nachdem die Respiration bis auf 56 Züge in der Minute gesunken war, wozu durchschnittlich eine drei Minuten lange Inhalation gehörte, schlossen sich die Augenlider noch auf Berührung des bulbus. Nach ungefähr 5 Minuten lang fortgesetzter Einathmung machten die Thiere Schwimmbewegungen, besonders mit den vorderen Extremitäten, knirschten mit den Zähnen, bekamen Convulsionen, warfen sich meistens auf die linke Seite, streckten die Extremitäten von sich und starben, nachdem kurz vorher die eben beschriebenen Symptome nachgelassen hatten. Der Tod erfolgte nach 14 Minuten.

Zwei Kaninchen wurden mittelst Chloroform in der Art getödtet, dass eine mit der genannten Flüssigkeit durchtränkte Leinwandcompresse so auf Maul und Nase gelegt wurde, dass der Zutritt der atmosphärischen Luft so viel wie möglich abgeschlossen war. Der Tod erfolgte nach 10 resp. 16 Minuten, nachdem dieselben Erscheinungen, wie sie vorher erwähnt wurden, vorausgegangen waren.

Vergleicht man die Resultate beider Untersuchungsarten, so ist die Zeitdifferenz von der ersten Inhalation bis zum Tode, wenn die atmosphärische Luft so viel wie möglich abgeschlossen ist, ebenfalls als Null zu betrachten, *mithin ein Respirationshinderniss im Larynx nicht nachzuweisen;* denn wäre man geneigt, ein solches

bei der Inhalation durch den Kehlkopf anzunehmen, so müsste
dieses bei der Respiration durch die geöffnete Trachea aufgehoben
werden. —

Die Sectionen ergaben dieselben Erscheinungen, wie sie oben
beschrieben sind.

4. Reihe.

Eine grosse starke Katze wurde bis zu dem Stadium, in
welchem sich auf Berührung des bulbus die Augenlider nicht mehr
schlossen, chloroformirt, und dann die Trachea geöffnet. Schon
bei den ersten Inhalationen bemerkte man eine Vermehrung der
Speichelsecretion. Die Operation wurde ohne eine Aeusserung des
Schmerzes von Seiten des Thieres ausgeführt. Als ich mit einer
gekrümmten Sonde, die ich zum Durchziehen der Ligatur unter
der Trachea hergeschoben hatte, letztere aufhob und dadurch etwas
comprimirte, bewegte sich das Thier; und als bei Durchschneidung
der Trachea Blut in dieselbe eingedrungen war, so bemühten sich
verdoppelte Respirationsanstrengungen dasselbe herauszuschaffen.
Nach Befestigung der Canüle, deren Einführung heftigen Husten
erregte, wurde dem Thiere Zeit zur Erholung gelassen. — Nach
Verlauf von zwei Stunden wurde die Katze mit dem Apparate
Nr. II. in der gewöhnlichen Weise verbunden. Drei Minuten nach-
her lag das Thier ausgestreckt ohne alle Reaction auf Stechen,
Kneifen und Brennen. Der Speichel floss aus dem geschlossenen
Maule. Als nach 6 Minuten die Canüle comprimirt wurde, zogen
die Inspirationsmuskeln mit aller Kraft die neben der Canüle ein-
dringende Luft in die Lungen. Die Canüle war nämlich etwas zu
dünn, so dass ein kleiner Raum zwischen ihr und der inneren Wand
der Trachea blieb. Da nun die Ligatur etwa in der Mitte des Ein-
schnittes um die Trachea lief, so blieb der untere Theil desselben
frei und bot so dem Einströmen der Luft eine kleine Oeffnung.
Nach 8 Minuten traten mastikatorische Krämpfe auf, Schwimmbewegungen mit den vorderen Extremitäten, dann wurden die Athembewegungen unregelmässig, einige krampfhafte Inspirationen er-
folgten und nach 10 Minuten, von der ersten Inhalation an gerechnet,
hörte die Respiration auf, das Herz aber pulsirte noch, wenn auch
höchst unregelmässig und kaum fühlbar. Sofortiges angestelltes
Lufteinblasen brachte die bereits aufgehobene Respiration wieder in
Gang. Die künstliche Respiration hatte 20 Secunden nach Sistirung
der normalen begonnen.

Um die Zeitgrenzen zu bestimmen, in welchen die künstliche
Respiration von Erfolg sei, wurden verschiedene Versuche an Katzen

angestellt. Es gelang mir hierbei, die normale Respiration wieder herzustellen, wenn sie bereits 1 Minute und 20 Secunden sistirt hatte, ehe die künstliche begonnen wurde. Man darf nur nicht zu früh mit der künstlichen Respiration aufhören und muss solche oft eine Viertelstunde bis 20, 25 Minuten fortgesetzt werden. An einem speciellen Falle werde ich später dieses noch näher berühren.

Section. Ausser den mit dunklem Blute strotzend gefüllten Venen und rechten Herzen wiesen die nach einer halben Stunde angestellten Sectionen derjenigen Thiere, bei denen die Belebungsversuche ohne Erfolg blieben, nichts Bemerkenswerthes nach. In einem Falle konnten Herzcontraction durch Berührung des Herzmuskels noch nach 40 Minuten (vom Tode an gerechnet) hervorgebracht werden.

Ich muss hier auf ein Phänomen aufmerksam machen, welches ich oft bei den Sectionen bemerkte. Ich fand nämlich, selbst wenn ich die Section eine Stunde nach dem Tode machte, dass manche Muskeln, besonders die Bauch- und Brustmuskeln, auf Berührung der zu ihnen gehenden Nerven zuckten.

5. Reihe.

Mit Chloroform gesättigte Luft wurde durch den Apparat Nr. III. auf den blosgelegten nervus ischiadicus eines Kaninchens applicirt. Alle in dieser Weise angestellte Versuche blieben ohne Resultat, obgleich in einigen die Application eine Viertelstunde lang fortgesetzt wurde. Bald zuckte der Fuss auf Reiz, bald zuckte er nicht. Bewegt wurde er in allen Fällen.

Auf den blosgelegten nerv. ischiadicus eines Kaninchens wurden fünf Tropfen Chloroform gegossen und verdunsten lassen. Die Erscheinungen, welche darauf eintraten, waren folgende: Das Bein wurde beim Gehen etwas nachgezogen; hob man das Kaninchen bei den Ohren in die Höhe, so wehrte es sich nur mit dem gesunden Beine, auch vermochte es nicht die Krallen des kranken Fusses auszuspreizen. Ob die Sensibilität gelitten hatte, konnte ich bei keinem Versuche entscheiden, da die Thiere oft ohne ein Zeichen von Schmerz von sich zu geben, bedeutende Verletzungen des gesunden Beines ertrugen.

Man könnte diesen Versuchen den Einwurf machen, dass durch die bedeutende Verletzung, wie eine solche doch jedenfalls ist, wenn man den nerv. ischiadicus nahe an seiner Austrittsstelle aus dem Becken bloslegt, die krankhaften Erscheinungen bedingt seien. Diesen Einwürfen kann ich durch zwei Beispiele antworten. An zwei Kaninchen nämlich gelang es mir nicht, die Nerven an dem rechten Beine bloszulegen. Um die Operation auszuführen, bediente ich mich eines länglichen Kastens, welcher an der schmalsten Seite eine Oeffnung hatte. In diesen Kasten setzte ich das Thier, nachdem ich zuvor das zu operirende Bein durch die Oeffnung in der Seite gesteckt hatte, und umwickelte dann den Kasten mit einem Tuche. Auf diese Art zwingt man das Thier zum Stillhalten. Bei beiden Thieren hatte ich das linke Bein durch die Oeffnung gesteckt und es dem Assistenten zum Halten gegeben. Durch einen Ruck hatten die Thiere ihre Beine befreit, und der Assistent hatte anstatt des linken nun das rechte Bein durch die Oeffnung gezogen, woher es kam, dass, als ich hernach, ohne genau nachzuschen, die Incision machte, ich durch die schlechte Lage des Beines in dem Bloslegen des nerv. ischiadicus gehindert wurde. Es wurde hierauf der Nerv am linken Beine blosgelegt. Mit dem rechten Beine, an welchem die Wunde durch das vergebliche Suchen nach dem Nerven viel bedeutender war, als am linken Beine, machten die Thiere alle Bewegungen, so dass eine Beeinträchtigung der Function desselben nicht zu bemerken war, — das linke Bein aber schleppten sie nach.

Aus diesen Versuchen ziehe ich den Schluss, dass das Chloroform die Function der Nerven, auf deren Stämme es applicirt wird, zu beeinträchtigen vermag.

6. Reihe.

Es wurde mehreren Kaninchen Chloroform per anum applicirt. Ein dreifacher Erfolg konnte je nach der Quantität des Chloroforms wahrgenommen werden.

a) War die Quantität nicht über 10 Tropfen, so konnte man in den meisten Fällen gar keine Wirkung bemerken, in anderen nur eine unbedeutende Unruhe.

b) Betrug die Quantität des injicirten Chloroforms eine Drachme, so liefen die Thiere bald nach der Injection unruhig hin und her und begannen schliesslich zu taumeln. Mit dem gestörten Gleichgewichte trat zugleich eine Schwäche der hinteren Extremitäten ein. Von Unruhe getrieben, taumelten die Thiere ungefähr eine halbe Stunde von einem Orte zum anderen, dann fingen sie an, sich zu erholen, und nach Verlauf einer Stunde war jede Erscheinung verschwunden.

c) Complicirter sind die Erscheinungen, wenn man zwei bis drei Drachmen Chloroform injicirt.

Ich fand bei fünf Versuchen Folgendes:

Die erste Wahrnehmung der Wirkung begann, nachdem ungefähr 23 Minuten seit der Injection verflossen waren. Die Thiere, welche bis dahin unruhig, mit aufgerichteten Ohren hin und her gerannt waren, fingen an zu taumeln, leckten sich die Brust, sassen einige Secunden auf den Hinterbeinen, wobei der Schwanz den Boden nicht berührte, liessen den Kopf langsam zwischen die ausgespreizten Vorderbeine fallen und fuhren dann, wenn das Kinn im Begriff war, die Brust zu berühren, plötzlich mit dem Kopfe in die Höhe, taumelten an einen anderen Ort und wiederholten dort dasselbe. Die Störung des Gleichgewichts war das erste Symptom, das deutlich hervortrat. So dauerte der Zustand bis 50 Minuten nach der Injection. Die Schwäche der Extremitäten hatte während dieser Zeit so zugenommen, dass die Thiere sich platt auf den Bauch und die Brust legten. Die Vorderbeine waren nach Vornen ausgestreckt, die Hinterbeine gekrümmt. Wenn die Thiere in dieser Lage einige Minuten ausgehalten hatten, so rafften sie sich plötzlich in die Höhe, stürzten vorwärts, als wollten sie einer feindlichen Gewalt entfliehen, und fielen dann wieder auf den Bauch nieder. Die vorderen Extremitäten waren dem Willen nicht mehr unterthan, so oft sich die Thiere auf dieselben stützen wollten, glitten sie zur Seite auseinander, so dass die Thiere platt mit der Brust zwischen den nach der Seite gerichteten Armen auf dem Boden lagen. Die hinteren Extremitäten wurden bei den Bewegungen mühsam nachgeschleppt. Die Thiere respirirten ungefähr 56mal in der Minute. Der Puls konnte nicht gezählt werden, indem die Reizbarkeit der Thiere schon so zugenommen hatte, dass die leiseste Berührung heftiges Zusammenfahren verursachte. Die Augen waren halb geschlossen, der Urin ging in kleinen Quantitäten ab. Von Zeit zu Zeit stiessen die Thiere ein klägliches Wimmern aus. War es den Thieren nach vielen Anstrengungen gelungen, sich auf die Vorderfüsse aufzurichten, so bewegten sie den Oberkörper in längeren Schwingungen hin und her, und strebten so das Gleichgewicht zu behaupten. Dieser Zustand währte ungefähr 3 bis 5 Stunden, worauf Ruhe eintrat. Die Thiere legten sich mit angezogenen Füssen und Ohren und geschlossenen Augen nieder. Näherte man sich ihnen, so fuhren sie gewöhnlich rasch empor und wankten auf eine andere Stelle; oft blieben sie aber auch sitzen und liessen sich streicheln. Wollte man den Herzschlag durch die aufgelegten Finger untersuchen, so sträubten sie sich dagegen. Nachdem die Thiere in diesem Zustande etwa 2 — 3 Stunden ausgehalten hatten, liefen sie wieder umher, und es schien, als ob jede Wirkung des Chloroforms verschwunden sei. Doch bald sollte sich die Scene noch grässlicher wiederholen. Kaum dass sich die Meinung an das Verschwinden des Chloroformeinflusses festgesetzt hatte, begannen die Thiere zu zittern, liefen ängstlich hin und her, die Respiration wurde keuchend, die Thiere stürzten vorn nieder, erhoben sich dann rasch, stürzten wieder hin und so wiederholte sich dieses, bis sie zuletzt mit ausgestreckten Beinen auf der Seite liegen blieben. Es traten dann mastikatorische Krämpfe auf, Schwimmbewegungen der Extremitäten, bes. der vorderen, Tetanus, Trismus, heftigeres Zittern der Extremitäten und des ganzen Körpers, Hin- und Herschlagen des Kopfes, Wälzung des Körpers um die Längenachse, und nachdem dieser in seinen Erscheinungen rasch wechselnde Zustand ungefähr eine Viertelstunde gedauert hatte, erfolgte der Tod.

Section. Die 12 Stunden nach dem Tode angestellten Untersuchungen ergaben eine Entzündung der Schleimhaut des Rectum, welche sich mehr oder weniger weit in den Dickdarm erstreckte. In zwei Fällen enthielt die Urinblase Blut. Die Venen waren mit schwarzem, theils flüssigem, theils coagulirtem Blute gefüllt. Das Herz normal, ebenso das Gehirn und die Hirnhäute. Der Urin enthielt, mit Ausnahme der Fälle, wo sich Blut in der Urinblase fand, constant Zucker. In einem Falle enthielt auch der früher abgegangene Urin Zucker.

Die Erscheinungen, welche sich in diesen Versuchen bemerkbar machten, waren: Störungen des Gleichgewichts, Störungen in der Function der medulla spinalis, Vermehrung der Urinsecretion und Zucker im Urin. In wie weit die Empfindung aufgehoben war, konnte nicht constatirt werden, da die Reizbarkeit der Thiere keine Schlüsse hierüber zuliess.

7. Reihe.

Aehnlich, wie in der vorher erwähnten Versuchsreihe, verhalten sich die Thiere, wenn man denselben Chloroform unter die Haut bringt. Ist die Quantität des Chloroforms gering, so erfolgt entweder gar keine Reaction, oder nur eine geringe Unruhe. Bei einer grösseren Quantität können Zufälle, wie sie weiter unten beschrieben werden, für kurze Zeit eintreten, doch erholt sich leicht das Thier von denselben wieder; meistens aber ist ausser den Symptomen des gestörten Gleichgewichtes und der Schläfrigkeit nichts weiter wahrzunehmen. Beträgt die Quantität des angewandten Chloroforms zwei Drachmen oder darüber, so erfolgt der Tod unter folgenden Erscheinungen.

Einem Kaninchen wurde $5_{i\beta}$ Chloroform auf der rechten Seite der Wirbelsäule zwischen der 8. und 9. Rippe unter die Haut gespritzt. Zu Anfang war das Thier ruhig und lief wie gewöhnlich umher.

Nach 15 Minuten fing es an mit der Zunge zu lecken und heftiger zu athmen.

Nach 19 Minuten strich es das Maul abwechselnd mit den Vorderfüssen, klopfte in zitternder Bewegung den Boden mit denselben und knirschte dabei mit den Zähnen. Der Kopf sinkt mit halbgeschlossenen Augen zwischen die Vorderfüsse, wird dann aber heftig wieder in die Höhe geschleudert, worauf die vorher geschilderten Bewegungen von Neuem beginnen. Die Ohren sind in die Höhe gerichtet.

25 Minuten nach Application des Chloroforms sass das Thier auf den Hinterbeinen, wobei es den Vorderkörper auf die Vorderfüsse stützte, zuckte mit den Lippen, warf unruhig den Kopf hin und her. Der herabsinkende Kopf wurde, wie vorher, in die Höhe geschleudert.

Nach 27 Minuten versucht das Thier vergebens sich aufrecht zu erhalten. So oft es sich auf die Vorderbeine erhoben hat und einen Versuch macht, sich fortzubewegen, stürzt es auf den Bauch und die Brust nieder, wobei sich die Vorderfüsse nach Aussen legen. Die Hinterfüsse liegen gekrümmt am Bauche angezogen. Die Zahl der Athemzüge in der Minute beträgt 60. Die Pupille zeigt keine Veränderung.

Nach Verlauf von 30 Minuten liegt das Thier mit Bauch und Brust auf dem Boden, die Vorderfüsse sind nach Aussen gestreckt, die Hinterfüsse angezogen. Alle Versuche, sich zu erheben, mislingen. Der Kopf wird heftig hin- und hergeschleudert, die Ohren liegen auf dem Rücken.

Nach 35 Minuten liegt das Thier, wie vorher, auf dem Boden. Der Kopf liegt zwischen den Vorderfüssen auf der linken Seite. Von Zeit zu Zeit wird der ganze Körper des Thieres heftig in die Höhe geschnellt. Die leiseste Berührung ruft solche tetanische Zuckungen hervor. Das Herz pulsirt höchst unregelmässig; Nasal- und Abdominalrespiration.

Nach 40 Minuten ist noch derselbe Zustand. Nach dem heftigen Emporschnellen wird der Kopf mit lautem Schlage auf den Boden geworfen. Von Zeit zu Zeit erhebt das Thier den Kopf und macht noch Versuche, sich auf die Vorderbeine aufzurichten. Die Hinterbeine liegen ausgestreckt und sind gelähmt. Während der Beobachtung wirft sich das Thier auf die linke Seite, streckt die Vorderfüsse von sich, knirscht mit den Zähnen und bewegt in leisen Krämpfen von Zeit zu Zeit die Extremitäten. Der Herzpuls ist nicht zu zählen. In der Minute werden 60 Athemzüge beobachtet. Die Berührung ruft tetanische Krämpfe hervor.

Nach Verlauf von 45 Minuten treten Schwimmbewegungen der vorderen Extremitäten auf. Das Thier leckt sich die Brust, knirscht mit den Zähnen, zittert zuletzt mit dem Kopf, während die Schwimmbewegungen heftiger werden.

Nach 50 Minuten haben alle Symptome ihren Höhepunkt erreicht. Das Thier wird von den heftigsten mastikatorischen Krämpfen gequält, welche auf Augenblicke von lautem Zähneknirschen unterbrochen werden. Der Kopf wird heftig und schnell hin- und hergeworfen, dann mit einem Ruck in den Nacken gezogen, wobei sich die Extremitäten ausstrecken, dann wieder nach vorn gebogen, so dass das Kinn die Brust berührt, in deren Haaren sich die Zähne festzubeissen suchen. Die Schwimmbewegungen, welche sich auf alle Extremitäten erstrecken, werden mit unzählbarer Geschwindigkeit ausgeführt. Mitunter wird der ganze Körper in eine heftig zitternde Bewegung versetzt. Kein Muskel des Körpers scheint zu ruhen. Die Augen sind geschlossen. Die Pupille ist contrahirt.

Nach 55 Minuten hat die Heftigkeit der Erscheinungen etwas nachgelassen. Die Schwimmbewegungen werden nur mit den Vorderfüssen ausgeführt, die Hinterfüsse sind an den Bauch herangezogen. Heftiges Zittern des ganzen Körpers. 76 Athemzüge in der Minute; das Herz schlägt unzählbar schnell.

Nach 60 Minuten bestehen noch heftiges Zittern des ganzen Körpers und mastikatorische Krämpfe. Die an den Bauch herangezogenen Hinterfüsse zucken hin und wieder, während die Vorderfüsse langsame Schwimmbewegungen ausführen. Es erfolgen in der Minute 76 Athemzüge und 120 Herzschläge.

Nach 65 Minuten haben alle Krämpfe aufgehört. Das Thier liegt auf der linken Seite. Bei der Berührung fängt es an zu zittern.

Nach 70 Minuten haben die Athemzüge an Frequenz zugenommen; es werden derselben 136 in der Minute gemacht. Der Kopf ist stark in den Nacken gezogen. Von Zeit zu Zeit stellen sich Schwimmbewegungen der vorderen Extremitäten ein.

Nach Verlauf von 100 Minuten liegt das Thier ganz ruhig und nur die Berührung ruft Convulsionen hervor. Berührung der Nasenschleimhaut erregt heftiges Zittern. Die Temperatur ist bedeutend gesunken.

Drei Stunden nach der Application des Chloroforms lag das Thier noch in demselben Zustande. Der Urin war mehrmals abgegangen und zwar in bedeutenden Quantitäten. Der zuletzt (2½ Stunde nach der Appl. d. Chlorf.) abgegangene Urin war zuckerhaltig. 60 Athemzüge wurden in der Minute gezählt. Die auf den Bauch des Thieres gelegte Hand rief Schwimmbewegungen der vorderen Extremitäten, Zucken der hinteren, Opistotonus und mastikatorische Krämpfe hervor.

Nach 6 Stunden war noch dieselbe Reizbarkeit. Das Herz pulsirte 160 mal in der Minute, die Zahl der Athemzüge war gleich 44. Die Extremitäten sind kalt.

Vier und zwanzig Stunden nach der Injection des Chloroforms konnte man die sehr langsamen Athemzüge noch an den Nasenflügeln abzählen. Das Herz pulsirte kaum fühlbar, doch so unregelmässig, dass es unmöglich war, die einzelnen Schläge desselben zu zählen. Bei Berührung des Thieres begann die obenliegende vordere Extremität zu zittern. In der 26. Stunde erfolgte der Tod. Der zuletzt gelassene Urin war zuckerhaltig.

Section. Die sogleich nach dem Tode vorgenommene Section ergab Folgendes. Die Haut ist an ihrer Innenfläche, welche mit dem Chloroform in Berührung gekommen, stark geröthet. Das subcutane Zellgewebe ist geröthet, serös infiltrirt und voller Luftblasen. Die Venen enthalten dunkles Blut, die Arterien etwas helleres. Der Herzbeutel enthält keine Flüssigkeit. Das Herz ist normal und pulsirt noch. Das Gehirn in allen Theilen mehr anämisch, die Hirnhäute hyperämisch. Die venösen Sinus strotzend mit Blut gefüllt. In den tieferen Bronchien etwas Schleim. Bemerkenswerth war die dunklere Farbe des venösen, sowie des arteriellen Blutes.

Das oben beschriebene Experiment wurde an 8 Kaninchen wiederholt mit dem Unterschiede, dass bald auf der rechten Seite der Wirbelsäule, bald auf der linken Seite derselben das Chloroform injicirt wurde. Die Resultate waren mit wenigen Differenzen dieselben. Die Hauptdifferenz lag nur in dem früheren oder späteren Auftreten der Symptome und des Todes. Ob diese Differenz in der grösseren oder geringeren Reizbarkeit der Thiere ihren Grund hat, lasse ich unentschieden, bemerken muss ich noch, dass die Männchen durchschnittlich länger dem schädlichen Einflusse widerstanden.

Das Ergriffenwerden der Centralorgane des Nervensystems in einer gewissen Reihenfolge — Aufhebung des Gleichgewichtes, Paralyse der Extremitäten, Abnahme der Respiration und Wärme, vermehrte Urinsecretion, Zucker im Urin — waren die Erscheinungen während des Lebens; das dunkle Blut die Erscheinung der Section.

Die dunkle Farbe des Blutes kann durch verminderte Aufnahme von Sauerstoff bedingt sein, da die Respiration seltener wurde und das Blut erst nach dem Tode zur Untersuchung kam — oder sie kann ihren Grund in der durch die Gegenwart des Chloroforms beeinträchtigten Oxydation des Blutes haben. Noch muss ich bemerken, dass die Temperaturabnahme selten mit der Abnahme des Pulses harmonirte, wohl aber mit dem Sinken der Respiration.

Diese Versuche zeigen ausserdem, dass dem Chloroform neben der betäubenden Wirkung, noch eine andere mehr das Rückenmark treffende, zukommt, wie man sie bei Strychninvergiftungen und bei den Vergiftungen durch Picrotoxin [*]) zu sehen pflegt. Diese verschiedene Wirkungen werden nur durch die Dauer des Chloroformeinflusses bedingt. Während eine schnell vorübergehende Berührung der medulla spinalis mit dem Chloroform die durch Strychnin erzeugte tetanische Krämpfe aufzuheben vermag [**]), werden dieselben Krämpfe hervorgerufen, wenn das Rückenmark längere Zeit dem Einflusse des Chloroforms ausgesetzt ist; woher es auch kommt, dass diese Erscheinungen erst später auftreten, als dies bei den oben erwähnten Substanzen geschieht.

8. Reihe.

Um nachzuweisen, dass das Chloroform durch die Lungen wieder ausgeathmet würde, wurde einem Kaninchen, in dessen Trachea man vorher eine Canüle geführt hatte, Chloroform per anum applicirt und dasselbe, nachdem die Zahl der Athemzüge soweit vermindert war, dass man sie bequem überwachen konnte, mit dem Apparate Nr. IV. verbunden. Die resp. Stellungen des Krahnes liessen die exspirirte Luft durch den Apparat und erlaubten der atmosphärischen den Zutritt zu den Lungen. Obgleich der Geruch der exspirirten Luft das Chloroform zur Genüge nachweisen konnte, so glaubte ich doch der Genauigkeit halber diesen Versuch anstellen zu müssen. — Das Chloroform wurde natürlich auch durch den Apparat nachgewiesen.

---

[*]) Dr. Falk's Versuche. Göschen's deutsche Klinik, 1853, Nr. 47 u. ff.
[**]) Morgan und Youatt fanden eine ähnliche Wirkung in der Voorare.

Wirkung der Chloroforminhalationen beim Menschen.

Die Wirkung des Chloroforms durch Inhalation desselben zeigt sich beim Menschen in dem Auftreten der Narkose.

Betrachten wir die Erscheinungen, wie sie unter den Inhalationen der Reihenfolge nach auftreten, so kann man, wie die meisten Beobachter gethan haben, drei grosse Gruppen von Symptomen, oder Stadien der Narkose, unterscheiden.

1. *Stadium.* Es zeigt zuerst eine Alienation der Seelenäusserung an. — Ehe wir einen Einfluss auf das Gefässsystem, oder einen sichtbaren Reiz auf die Centralorgane der Nervensysteme ausgeübt sehen, geht den Kranken die Kraft geordnet zu denken und die von aussen empfangenen Eindrücke zu verwerthen, verloren. Vorübergehend treten Ohrensaussen, Flimmern vor den Augen oder andere Reizungserscheinungen auf. Stellt man den Kranken auf die Füsse, so vermag er nur von einer Stelle zur anderen zu taumeln; er hat bereits die Kraft, seine Schritte zu reguliren, in Etwas verloren. Durch das vergebliche Bemühen, die von aussen erhaltenen Eindrücke mit den hinzugetretenen Hallucinationen in Einklang zu bringen, beunruhigt, werfen sich die Kranken hin und her. Die Augen sind hierbei geschlossen oder geöffnet. Die Bilder sind in den seltensten Fällen beängstigender Art, meistens sind es liebliche Phantasmen, die den Ideenkreis des Kranken ausfüllen. Der Puls ist nicht frequent, die willkührlichen Bewegungen sind nicht aufgehoben, sie werden aber so ausgeführt, dass sie sich dem jedesmaligen Ideenkreise des Kranken anpassen: sie gehorchen also dem Willen der veränderten Geistesthätigkeit. Durch Anrufen können die Kranken für kurze Zeit der Aussenwelt wiedergegeben werden, so dass sie auf die an sie gerichteten Fragen richtig antworten. Gelingt es uns, in die Ideenkreise der Kranken einzudringen, so werden unsere Fragen, in so weit sie sich in ihren Phantasien bewegen, d. h. insofern sie das Bild der krankhaften Träume zu treffen vermögen, richtig beantwortet und wir können dann oft aus den Kranken die geheimsten Gedanken herausfragen. Ein starker Wille jedoch vermag diesen Zustand entweder abzukürzen, oder ganz abzuhalten. Das Auftreten mehr oder weniger intensiver klonischer oder tonischer Krämpfe kündet den Uebergang in das 2. Stadium an. Da die

Erscheinungen Folgen des gereizten Nervensystems sind, so hat man dieses Stadium auch das Stadium irritationis genannt.

Das Verhalten gegen die Chloroforminhalationen ist je nach den Individualitäten verschieden. Alle Kranken haben zuerst einen Abscheu vor denselben und kündigt sich die Aengstlichkeit besonders durch tiefe gezwungene Athemzüge an. Das Chloroform erregt zuerst das Gefühl der Kälte auf den Lippen, in der Nase und im Munde, dem später das des Brennens folgt. Die Speigel- und Thränensecretion ist vermehrt, ein geringes Hüsteln, das aber schnell wieder verschwindet, weil die Nerven der zuerst afficirten Stellen (Mund, Larynx, Trachea) auch zuerst in gewissem Grade abgestumpft werden, befällt die Kranken; oft auch ein sehr schnell vorübergehender Glottiskrampf. Alle diese Erscheinungen rufen einen grösseren oder geringeren Widerstand gegen die Inhalationen hervor, und zeichnet sich hier der kräftige und von der Nothwendigkeit überzeugte Geist vor Allem aus. Oft sind auch die von den fixen Ideen hervorgerufenen Bewegungen so stark, dass man mit aller Kraft dagegen ankämpfen muss, was bei kräftigen Menschen oft bedeutende Anstrengungen erfordert. Säufer sind besonders diesen Uebelständen unterworfen. Oft fehlen aber auch alle diese heftigen Symptome. Der Kranke behält das Gefühl des Wohlseins, der Ruhe, der Leichtigkeit des Körpers und die lieblichen Träume, welche seine Seele von den ersten Inhalationen an fesselten, setzen sich in einen tiefen und festen Schlaf fort. — Die Dauer des 1. Stadiums ist verschieden, bei Säufern ist sie am längsten.

2. Stadium. Der Kranke liegt in tiefem Schlafe, meist mit geschlossenen Augen. Die bulbi sind nach oben und innen gekehrt. Die Pupille ist erweitert. Der sphincter und levator palpebrae haben ihre Energie verloren, so dass das geöffnete Auge offen bleibt. Der Kranke ist unvermögend Eindrücke von Aussen aufzunehmen; die Empfindung und willkührliche Bewegung sind gänzlich aufgehoben. Die Sinnesorgane verschwinden in der Art, dass zuerst der olfatorius seine Empfänglichkeit einbüsst, dann sich der Geschmack verliert, weiter das Gesicht und schliesslich das Gehör. Die Gefühllosigkeit verbreitet sich von den Spitzen der Finger und Zehen (Plantarseite) über die ganze Cutis (Schanz). Die Extremitäten hängen schlaff herunter. Die Herzcontractionen sind schwach und langsam (50 in der Minute). Die Respiration (meistens Abdominalrespiration) ist tief und selten. Oft wird die Inspiration angehalten, worauf dann die Exspiration mit einem Ruck erfolgt. Das Gesicht ist bleich, aber nicht entstellt, die Hauttemperatur nach Dumerie und Demarquay um 1—2⁰ R vermindert (?). Der Körper manchmal mit Schweiss bedeckt. Dieses Stadium hat man das stadium depressionis genannt.

So wie im 1. Stadium, so sind auch in diesem die Erscheinungen manchem Wechsel unterworfen. Häufig tritt Erbrechen und unwillkührlicher Abgang des Urins und der Fäces ein. Die Kranken sollen oft sehen, dass ihnen etwas geschieht, ohne Miene zu machen, der Läsion Einhalt zu thun; andere sollen schreien, als ob sie Empfindung hätten, aber beim Erwachen nichts davon wissen. Dieses Stadium genügt für alle Operationen. Seine Dauer kann mit gehöriger Vorsicht durch die Kunst sehr lange hinausgezogen werden.

3. Stadium. Dieses Stadium begreift den Uebergang der Paralyse auf diejenigen Nervencentra, denen die Functionen der Respiration und Circulation obliegen. Respiration und Puls werden seltener, unregelmässig, die Haut des Kranken bedeckt sich mit kaltem klebrigem Schweiss, das Gesicht nimmt die Züge des Todes an und wenn nicht schnelle Hülfe eintritt, so stirbt der Kranke. Man hat dieses Stadium auch das stadium paralyseos genannt.

Ob man die Chloroformnarkose in drei Stadien oder, wie manche Beobachter wollen, in zwei theilt, hat nur einen theoretischen Werth. Es ist schwierig im Allgemeinen die einzelnen Grenzen der Stadien zu bezeichnen und desshalb werden alle diese Eintheilungen etwas hinkend sein. Von praktischer Bedeutung ist nur, den Zeitpunkt der Narkose zu wissen, in welchem eine bestimmte Operation ausgeführt werden kann. Um diesen zu bestimmen ist es nöthig, die Wirkung des Chloroforms in ihrer Continuität zu betrachten mit Rücksicht auf die Ordnung, in welcher die Centraltheile des Nervensystems afficirt werden.

Flourens stellte die Reihenfolge in der Art fest, dass zuerst die Hämisphären des grossen Gehirns, dann das kleine Gehirn, darauf die medulla spinalis und zuletzt die medulla oblongata und der Sympathicus afficirt würden. Nach meinen Beobachtungen muss ich dieser Reihenfolge beistimmen. Sehen wir von den örtlichen Reizungen ab, so zeigt sich die erste Wirkung des Chloroforms in den Organen, welche dem Seelenleben vorstehen. Die ursprünglichen Ideen kommen in einer veränderten Form zum Vorscheine; Temperament, Macht des Willens etc. bewirken Modificationen.

Welche Theile des Gehirns dem Seelenleben vorstehen, kann bis jetzt nicht bestimmt werden. Man verlegte den Sitz der Seele in die Grossgehirnlappen, weil mangelhafte Entwickelung, Ausschneiden derselben bei Tauben, häufig mit Stumpfsinn begleitet waren. Diesen Thatsachen stehen aber auch andere entgegen, wo grosse Massen der Grossgehirnlappen durch Verwundungen etc. zerstört wurden, ohne dass die geringste Abweichung von den normalen geistigen Functionen eingetreten wäre. (Näheres hierüber in Ludwigs Physiologie 1. Bd. pag. 452 u. 455.)

In dem Fortschreiten der Wirkung sehen wir dasjenige Centrum des Nervensystems ergriffen, welches die Bewegungen regulirt. Hier können wir die Experimente an Thieren verwerthen. Die erste auffallende Wirkung zeigt sich in dem Verluste des Gleichgewichtes. Die Thiere vermochten nicht, in regelmässigen Schritten vorwärts zu gehen, sie wankten von einer Seite zur anderen. Charakteristisch ist noch für diese Wirkung das Hin- und Herwiegen des Oberkörpers bei den Kaninchen. Schliesslich verliert der Körper das Gleichgewicht vollständig und fällt zur Erde.

Nach Flourens und Hertwig's Versuchen steht das kleine Gehirn der Verbindung von Bewegungen zu einem gewissen Zweck (Coordination der Bewegungen) vor, und somit glaubt Flourens in der Störung des Gleichgewichtes eine Affection des kleinen Gehirns zu sehen. Da jedoch die erstere Behauptung durch zahlreiche Fälle von Verletzungen des kleinen Gehirns widerlegt ist, so kann die Störung des Gleichgewichtes nicht blos von einer Affection des kleinen Gehirns abhängen.

Unmittelbar hieran schliesst sich die Affection der medulla spinalis und zwar in der Art, dass die Sensibilität der peripherischen Nerven, sowie die aus derselben resultirende Reflexthätigkeit aufgehoben werden. Der Zeitpunkt, in welchem die Sensibilität aufhört, lässt sich durch Prüfung ermitteln. Die Thätigkeit der motorischen Nerven erlischt zuletzt und werden die Muskeln hierdurch in den Zustand der Relaxation versetzt. Zwischen dem Erlöschen der Sensibilität und dem Auftreten der Muskelrelaxation liegt oft nur ein sehr kurzer Zeitraum; oft treten beide Erscheinungen zugleich auf.

Mit dem Aufhören dieser letzten Thätigkeiten sind die Functionen des animalischen Lebens für die Aussenwelt aufgehoben und nur die Organe des vegetativen Lebens noch in Wirksamkeit: die der Respiration und der Circulation. Das Centrum der Respiration liegt in der medulla oblongata und bestimmte Flourens die Stelle ganz genau. Das Organ, welches der Circulation vorsteht, ist der Sympathicus. Von diesen beiden wird wiederum die medulla oblongata zuerst in der Art afficirt, dass die Athembewegungen immer seltener werden und schliesslich aufhören und der Sympathicus zuletzt, worauf ein Stillstehen des Herzens erfolgt. Die Herzthätigkeit erlosch bei Kaninchen nach 15—20 Secunden im Mittel nach Sistirung der Respiration. Bei Katzen war der Unterschied etwas länger.

Werfen wir nun die Frage auf, auf welche Weise wirkt das Chloroform, so stossen wir auf verschiedene Ansichten, von welchen keine erwiesen ist. Das Chloroform kann entweder direct wirken, indem es durch das Blut den Nervencentren zugeführt wird, oder indirect, indem es eine Veränderung des Blutes bedingt, welche die eigenthümliche Wirkung auf das Nervensystem zur Folge hat. Wäre letzteres der Fall, gleichviel ob durch blose Contactwirkung oder durch Zersetzung des Chloroforms, so müssten die Zersetzungsprodukte nachgewiesen werden können, was bis jetzt weder im Blute noch in den Excretionen geschehen konnte. Dass das Chloroform den Fettgehalt des Gehirns vermindere (durch Lösung des Fettes nach v. Bibra) ist sehr schwer zu entscheiden, da diese Untersuchungen zu den schwierigsten gehören und ihnen die Genauigkeit der Vergleichung fehlt. Wenn auch der Fettgehalt des Gehirns eines Kaninchen ungefähr bestimmt ist, so kann für eine so kleine Differenz, wie sie durch die Chloroforminhalationen entstehen muss, die Kenntniss des ungefähren Fettgehaltes nur von geringem Nutzen sein. Wie wäre überhaupt das Wiedererwachen nach dieser Ansicht zu erklären? — Valentin will eine eigenthümliche Veränderung der Moleküle des centralen, wie peripherischen Nervensystems durch das Chloroform bedingt wissen. — Pappenheim und Good suchen die Wirkung des Chloroforms in einer Destruction der Nervenform, weil die Nervenscheiden gekrausst und das Nervenmark coagulirt und granulirt erscheine. Diese Erscheinungen zeigen sich indessen auch unter dem Mikroskope, wenn man den Nerven mit kaltem Wasser behandelt. Für die directe Wirkung des Chloroforms sprechen (ausser dem Fehlen der etwaigen Zersetzungsproducte) die Exhalation desselben durch die Lungen und der directe Einfluss auf den blosgelegten Nerven.

Flourens stellte die Behauptung der directen Wirkung auf und führte als Beweis derselben das Ergriffenwerden der Centralorgane des Nervensystems in einer gewissen Ordnung an. So mangelhaft freilich dieser Beweis ist, so wenig spricht aber auch der Einwurf der Gegner, dass diese Erscheinung von verschiedener Widerstandsfähigkeit abhänge, für die indirecte Wirkung.

Bereits oben (pag. 24.) berührte ich eine Wirkung des Chloroforms, die es mit Strychnin etc. gemein hätte. Dass eine ähnliche Wirkung nicht vorkommt, wenn das Chloroform durch die Lungen eingeathmet wird, scheint mir daher zu rühren, dass das Chloroform durch die grössere Absorptionsfläche der Lungen in zu grosser Quantität und in der kürzesten Zeit den Centraltheilen des Nervensytems zugeführt wird, mithin die Organe des vegetativen Lebens dem lähmenden Einflusse desselben intensiver ausgesetzt sind, als wenn die kleinere Absorptionsfläche der Haut oder des Darmkanals es allmählich diesen Organen zuführt. Es wird hierdurch dem Rückenmarke Zeit gelassen, vollständig auf die Affection zu reagiren. Nicht ganz fehlen indessen die Erscheinungen der Spinalirritation, wie aus den Versuchen (pag. 20.) erhellt, doch ist die Dauer und Intensität derselben viel geringer, weil die bald auftretende Lähmung der medulla oblongata der Scene rasch ein Ende macht. Constant trat bei den Versuchen der Krampf zuerst in den vorderen Extremitäten auf.

Man hat sich oft und lange gequält, verschiedene Modificationen der Anästhesie zu unterscheiden. Pitha*) beobachtet:

a) Eine Anästhesie mit Schläfrigkeit bei ungetrübten Sinnen.

b) Anästhesie bei ungetrübten Sinnen und etwas gestörtem Bewusstsein; die Kranken reden während der Operation und versichern, dass sie keine Schmerzen empfinden.

c) Anästhesie unter Ausbrüchen des Zornes, Delirien etc. bei ungetrübtem Bewusstsein;

d) unvollständige Anästhesie mit soporösem Schlaf;

e) unvollständige Anästhesie mit angenehmen, heiteren oder schweren Träumen;

f) unvollständige Anästhesie mit Contracturen, besonders bei Säufern etc.

Will man die individuellen Aeusserungen als Eintheilungspunkt benutzen, so werden wir so viele verschiedene Zustände aufzählen können, als wir Individuen chloroformiren. In der vollständigen Anästhesie bedürfen noch zwei Erscheinungen der Erwähnung. Man hat den von Pitha sub pos. b erwähnten Zustand auch als eine Anästhesie mit *ungetrübtem* Bewusstsein bezeichnet, und sich auf die Fälle, in denen Kranke ruhig den an ihnen ausgeführten Operationen zusehen, berufen. A priori lässt es sich nicht leicht denken, dass Jemand ruhig zusieht, wenn ihm eine Wunde oder gar ein

*) Weiss, dissert. inaug. de remed. anaesth. Berolini, 1853, pag. 32.

Glied amputirt wird. Ich habe Gelegenheit gehabt, zwei derartige Fälle zu beobachten. —

1) Der Kranke, welcher bisher fest geschlafen, öffnete die Augen, erhob den Kopf etwas, um zu sehen, was an ihm gemacht wurde, legte dann den Kopf wieder zurück und stierte mit weit geöffneten Augen die Decke an, wie man dies häufig bei delirium tremens zu bemerken Gelegenheit hat. Er hatte keine Schmerzen empfunden, wusste aber auch nur, dass ihm der Unterschenkel amputirt worden sei, ohne etwas Einzelnes von der Operation mittheilen zu können, obgleich er behauptete, dass er alles genau empfunden habe, nicht als Schmerz, sondern als ein eigenthümliches Gefühl, wie man es häufig in Träumen habe.

2) Dem zweiten Kranken wurde die nekrotische erste Phalanx des Zeigefingers der rechten Hand extrahirt. Er erwachte, als die Incision gemacht wurde und sah nun ruhig zu, bis die Operation vollendet war, ohne eine Bewegung zu machen oder einen Laut von sich zu geben. Dass etwas mit dem Finger geschehen sei, wusste er, doch war auch er ebensowenig, wie der Erstere, vermögend, die Einzelnheiten der Operation zu erzählen, obgleich er behauptete, Alles gesehen und gehört zu haben.

Es scheint, dass in diesen Fällen, wie Pitha schon bemerkt, das Bewusstsein mehr oder weniger dennoch getrübt ist.

Will man ein Selbstbewusstsein und Weltbewusstsein unterscheiden, so dürfte das Selbstbewusstsein in diesem Zustande aufgehoben sein; denn der Kranke vermag Alles um sich herum zu unterscheiden, nur über seine Person bleibt er mehr oder weniger im Zweifel. Der Zustand gleicht einem Traume im Wachen.

Die zweite Erscheinung betrifft die als Reflexthätigkeit beschriebenen Bewegungen mancher Kranken. Es kommt vor, dass Kranke in der Chloroformnarkose, wenn der Schnitt durch die Cutis geführt oder auch während der Operation, mit den Gesichtsmuskeln zucken, den Händen nach der verletzten Stelle greifen, laut aufschreien etc., und ist man versucht gewesen, diese Erscheinungen als Symptom der Empfindung zu betrachten. Abgesehen von vielen Fällen, die nicht genau beobachtet sind und in denen eine unvollständige Anästhesie die Symptome einer wirklichen Empfindung erscheinen liess, sind diese Erscheinungen nur als Aeusserungen einer aufgeregten Seelenthätigkeit zu betrachten. Ich bemerkte oben (pag. 26), dass in der Narkose von den Kranken Bewegungen ausgeführt würden, welche aus einer Alienation der Seelenthätigkeit resultirten und sich dem jeweiligen Ideengange anpassten. Sowie nun jedes Ereigniss den Ideenkreis beherrschen kann, so kann es auch die Operation, zumal, wenn sich der Kranke vorher viel darum geängstigt hat, mithin werden die Bewegungen nicht durch die Empfindung, sondern durch die übereinstimmende Geistesrichtung (-thätigkeit) hervorgerufen. Dass Kranke schreien und nach der Wunde greifen in Momenten, in welchen sie keinen Schmerz empfinden können, spricht dann für einen Zeitunterschied zwischen dem Ideengange und der Operation. Man hat versucht den Reflex als Grund dieser Bewegung anzuführen, gegen welche Behauptung einmal die Erfahrung, dass alle Reflexthätigkeit aufgehoben ist, spricht, zweitens auch diese Reflexthätigkeit jedesmal zum Vorschein kommen müsste, wenn dieselben Bedingungen vorliegen; was indessen nicht geschieht.

Die Erscheinung des Zuckers im Urin richtet sich nach dem Grade, in welchem die medulla oblongata afficirt ist. Chloroformirt man Kaninchen bis zur vollständigen Narkose und setzt dann die Inhalationen aus, so findet sich fast nie Zucker im Urin. Lässt man dagegen in Zwischenräumen bei bereits eingetretener Narkose inhaliren und zieht so die Betäubung in die Länge, so findet sich selten Zucker im Harn. Chloroformirt man Kaninchen durch ununterbrochene Inhalationen bis zum Tode, so findet sich ebenfalls selten Zucker im Urin. Tödtet man dagegen die Thiere durch Chloroforminjectionen, so findet sich der Zucker fast constant im Harne. Nach den Versuchen Cl. Bernard's verhindert eine gewisse Stelle im vierten Ventrikel das Erscheinen des Zuckers im Urin; Reizung derselben bewirkt Meliturie, doch scheint diese Reizung einen gewissen Grad von Intensität zu beanspruchen. In der vorübergehenden Narkose, in welcher die medulla oblongata weniger afficirt ist, ist auch die Reizung dieses Punktes zu gering, um eine Aufhebung der Function zu bewirken. Da das Erscheinen des Zuckers im Harn auch eine gewisse Zeit erfordert, so ist wiederum die Dauer der Lebensthätigkeit in dem schnell herbeigeführten Chloroformtode zu kurz, um den Urin zuckerhaltig zu machen, wenn auch der Reiz der betreffenden Stelle die erforderliche Stärke gehabt hat. Man hat die Erscheinung des Zuckers im Urin auf eine Reizung der Bronchien zurückführen wollen; wäre dieses der Fall, dann müsste der Urin öfters zuckerhaltig sein, als er es in der That ist.

Nach Bernards Untersuchungen befindet sich in der medulla oblongata ebenfalls die Stelle, welche der Urinsecretion vorsteht. Bei

dem Zuckerstiche können drei Resultate erscheinen, je nachdem man
verschiedene Stellen trifft — entweder Zucker und normale Harnsecretion, oder vermehrte Harnsecretion und Zucker oder endlich nur
vermehrte Harnsecretion. Wo ich bei den Versuchen Zucker im
Urin fand, war auch die Secretion desselben vermehrt; wo nach lang
dauernden Inhalationen kein Zucker gefunden wurde, fand sich doch
die Vermehrung der Urinsecretion. Auch bei Menschen ist eine
Vermehrung der Urinsecretion gefunden worden, doch meistens nur
dann, wenn die Narkose sehr lang gedauert hatte, oder die medulla
oblongata in höherem Grade afficirt worden war.

Nach dem Vorausgegangenen können wir aus den objectiven
Symptomen der Chloroformwirkung feststellen:

1) Dass die Wirkung nur auf das Nervensystem sich äussert.
2) Dass eine gewisse Reihenfolge in den Nervencentra beobachtet
wird und zwar in der Art, dass das animale Leben zuerst, und
dann das vegetative dem Einflusse unterliegt.
3) Dass der Depression der Nervencentra ein in seiner Dauer sehr
variirender Reizzustand vorausgeht.
4) Dass die Modificationen im Verlaufe der Narkose von den Individualitäten abhängen, und
5) dass die Mellituric und Vermehrung der Urinsecretion von verschiedenen Affectionsgraden der medulla oblongata abhängen.

Dose und Application.

Ueber die Dose können keine bestimmte Regeln aufgestellt
werden, indem diese sich mehr, wie bei jedem anderen Arzneimittel,
nach der Empfänglichkeit des Kranken richtet. Die einzige Regel,
die man aufstellen kann ist die, dass man, wenn nach dem Verbrauche
von 5_{IV-VI} keine Narkose erfolgt, von der weiteren Application abstehen soll. Säufer und Personen, die vorher Opium (morphium)
genommen haben, sind oft schwer, oft gar nicht zu betäuben.
Blandin und Roux beobachteten mehrere Fälle, in welchen das
Chloroform ohne Wirkung blieb, und rathen desshalb dann, von
dem Gebrauche abzustehen. Berg beobachtete dasselbe bei
Säufern. Ein robuster Mann athmete 5_{III} ohne allen Erfolg.
Ein anderer Kranker, welcher vorher Opium genommen hatte,
verbrauchte $\mathfrak{Z}_{I}$ Chloroform ohne alle Wirkung. Bei einer Frau,

die vorher Morphium erhalten hatte, trat dasselbe ein. Der Ausspruch Drey's, dass dem Chloroform keine Individualität widerstehen könne, findet hierdurch seine Widerlegung.

Bei Kindern genügen oft 15 — 30 Tropfen und 3 — 4 Inhalationen zur vollständigen Narkose; bei Erwachsenen 2 — 3 Drachmen. Um so weniger lässt sich eine Dose bestimmen, als es uns nie möglich sein wird, das Quantum des inhalirten Chloroforms anzugeben, da ein grosser Theil auf der Leinwand verdunstet.

Christison erzählt einen Fall, wo eine Gebärende während 13 Stunden $\mathfrak{Z}_{VIII}$ Chloroform ohne alle Gefahr verbrauchte.

Ueber die Art der Application sind die Meinungen verschieden. Während Einige den Apparaten das Wort reden, hat sich die Mehrzahl für den Gebrauch der einfachen Leinwandcompresse entschieden. Je einfacher ein Apparat ist, desto besser ist er, vorausgesetzt, dass er alle Bedingungen erfüllt. Bei der Application des Chloroforms mittelst der Inhalation ist nur zu beobachten, dass das flüssige Chloroform nicht Lippen und Nase berühre, weil diese Berührung Brennen erregt, wodurch die Kranken unruhig werden, und dass die atmosphärische Luft in hinreichender Menge Zutritt zu den Lungen habe. Diese Bedingungen werden vollkommen von der Leinwandcompresse erfüllt. Man giesst behufs der Inhalation auf eine ziemlich dichte Leinwandcompresse etwa 30 — 40 Tropfen Chloroform und hält sie dem Kranken etwa einen Finger breit von Mund und Nase dergestalt, dass der Chloroformdunst durch die Inspiration eingezogen werden kann.

Eine Menge Apparate sind erfunden worden, wie von Carrière, Alph. Amusat, Guillot, Roux etc. Statt der Leinwandcompressen hat man sich auch der ausgehöhlten Schwämme bedient.

Wenn in den constitutionellen Verhältnissen keine Contraindication zur Anwendung des Chloroforms vorliegt, so kann man sich überall der Inhalationen bedienen. Man legt den Kranken auf den Rücken mit etwas erhöhtem Oberkörper und Kopf. Alle Hindernisse der Respiration müssen sorgfältig entfernt werden, zu welchem Zwecke man alle engen Kleidungsstücke ablegen lässt. Während ein Assistent den Puls des Kranken beobachtet, hält ein Anderer die mit Chloroform benetzte Compresse über Mund und Nase und ermahnt den Kranken, ruhig zu athmen. Zu Anfang ist es nöthig, mehr atmosphärische Luft zutreten zu lassen, bis die Kranken sich an das Chloroform etwas gewöhnt haben; ist dies geschehen, so kann man die Compresse Mund und Nase allmählich näher bringen. Sammelt sich Speichel im Munde, so ist der Kranke zu ermahnen, denselben, so lange er es noch kann, auszuspucken. Von Zeit zu Zeit ist die Compresse etwas zu entfernen, damit der Kranke reine atmosphärische Luft einathme. Eine solche Pause kann dann benutzt werden, um das Chloroform auf der Compresse zu erneuern. Ist der Kranke hinlänglich narkotisirt, so entfernt man die Compresse und sucht durch eine Lagerung des Kopfes den Ausfluss der Mundflüssigkeiten zu befördern. Dauert die Operation länger, als die Narkose, so legt man, wenn der Kranke Zeichen des herannahenden Aufwachens von sich gibt, die Compresse bis zur Beruhigung desselben, wieder auf; auf diese Art gelingt es, ohne dass es gefahrbringend wird, die Narkose sehr in die Länge zu ziehen.

Lenoir vertheidigt die Application des Chloroforms in horizontaler Lage. Die pariser Academie bestimmte, dass die Inhalationen von Zeit zu Zeit unterbrochen werden sollten. Gruby wies nach, dass Thiere, wenn sie mit dem Chloroform auch atmosphärische Luft einathmeten, längere Zeit hindurch in der Betäubung gehalten werden konnten; bei Abschluss der atmosphärischen Luft aber bald starben. Meine Versuche stimmen hiermit überein. Es ist besser, die Kranken im nüchternen Zustande zu chloroformiren, weil sie dann für das Chloroform empfänglicher sind und man dem störenden Erbrechen meistens vorbeugt. Pirogoff rühmt die Application durch Clysmata. Da die Wirkung des auf diese Art applicirten Chloroforms zu unvollständig ist, man auch keinen Massstab über das verbrauchte Chloroform hat, so ist diese Art der Application, abgesehen von den örtlichen Nachtheilen, zu verwerfen. Das Zuhalten der Nase während der Inhalation und andere Rathschläge sind zwecklose Theorieen. Es kommt vor, dass die Kranken gleich bei den ersten Inhalationen zu wenig atmosphärische Luft erhalten und dadurch bald die volle Wirkung des Chloroforms empfinden, welche sich in der schnell eintretenden Ruhe und den tiefen Athemzügen des Kranken kundgibt. Ein solcher Zustand erfordert immer die Entfernung des Chloroforms für einige Augenblicke. Besondere Vorsicht ist auch nöthig, wenn Kranke mit grosser Anstrengung und tiefen Athemzügen das Chloroform gleich zu Anfang einathmen; hier ist der Zutritt der atmosphärischen Luft zu begünstigen.

Contraindicationen.

Ueber die Contraindicationen sind die Meinungen ebenfalls noch sehr verschieden, und wird es auch bei dem immer weiter um sich greifenden Gebrauch des Chloroforms sehr schwer sein, bestimmte aufzustellen.

Die wichtigsten Contraindicationen sind:

1) Wenn der Kranke die Anwendung des Chloroforms verweigert.
2) Bei allen Operationen, bei welchen durch die Narkose Erstickungs-zufälle begünstigt werden können, wie bei Operationen im Munde.
3) Wenn die Folgen der Narkose (Erbrechen) störend auf die Operation (Herniotomie, Augenoperationen) oder die Nach-behandlung wirken können.

Bei Catarrhen der Mundhöhle soll es nach Stanelli nur mit höchster Vorsicht gebraucht werden. Besondere Vorsicht er-fordern Hysterische, Epileptische, weil die Erfahrung lehrt, dass diese schwer zu narkotisiren sind und nach der Narkose die Krämpfe mit verstärkter Gewalt hervortreten. Gleiche Vorsicht fordert die Säuferdyskrasie. Krankheitszustände, wie Phthisis, grosse Schwäche, Prostation der Kräfte, besonders durch lange Eiterung herbeigeführte, Lungen- und Herzkrankheiten bedingen keine Contraindication, zumal man das Chloroform grade als Heilmittel in der Pneumonie und Linderungsmittel in der Phthisis angewandt hat.

Äussere Anwendung.

Die Anwendung des Chloroforms in Krankheiten ist eine so mannigfaltige geworden, dass es zu weit führen würde, sie alle hier aufzuführen. Durch seine anästhesirende Wirkung ist seine An-wendung bei jeder Hyperästhesie und Hypereinese gerechtfertigt. Bedeutende Linderung verschafft es im Tetanus, indem es die Krämpfe beseitigt und dem Kranken Schlaf bringt. Wenn es auch den Tetanus nicht zu heilen vermag, so ist dieser Erfolg schon desshalb ein be-deutender, weil die Kranken durch die Krämpfe und die Entbehrung des Schlafes meistens aufgerieben werden. Von 43 in den verschiedenen Hospitälern zu London behandelten Fällen von Tetanus wurden 12 mit Chloroforminhalationen behandelt und von diesen 4 geheilt, während 8 tödtlich verliefen. Der Verfasser (der Abhandlungen in med. Times and Gaz. April, May, June 1854) kommt zu folgenden Schlüssen:

1) Dass in der Mehrheit der Fälle Chloroforminhalationen, ohne unmittelbare üble Folgen nach sich zu ziehen, mit Sicherheit angewendet werden können.

2) Dass die Krämpfe für einige Zeit wesentlich dadurch gemildert werden.

3) Dass dieselben aber keinen präventiven Einfluss ausüben; denn die Krämpfe kehren gewöhnlich kurz nach dem Aussetzen des Mittels, oft mit vermehrter Stärke zurück.

4) Dass eine lang anhaltende Anwendung derselben nicht empfohlen werden kann, da die Kranken ebenso schnell, wenn nicht schneller enden, als wenn man die Krankheit sich selbst überliesse.

5) Dass das Chloroform in gewissen sich hinausziehenden Fällen als schmerzstillendes Mittel grosse Erleichterung gewährt. Oft tritt dann nach dessen Aussetzen stundenlang Ruhe ein.

6) Dass es in eben solchen Fällen bewirkt, dass die halbbewusstlosen Kranken Nahrung zu sich nehmen können, welche sie ausserdem nicht im Stande wären hinabzuschlingen.

7) Dass aber sein Gebrauch, mit Ausnahme der Punkte 5 und 6, von keinem verhältnissmässigen Vortheil begleitet ist, da es die Wirkung der übrigen Mittel stören und möglicherweise selbst Schaden anrichten kann. — Harding (Lanc. Dec. 1853) empfiehlt die Chloroforminhalationen als ein allen andern Mitteln vorzuziehendes Verfahren. Tabak und Opium seien zwar sehr wirksame Relaxationsmittel der Muskeln, aber an sich zu gefährlich, um lange Zeit fortgegeben zu werden. — Dr. Panthel (H's. und Pf's. Ztschr. N. F. IV. 3. 1854) bemerkt, dass die vortheilhafte Wirkung des Chloroforms bei Tetanus besonders in Beseitigung des Trismus und Milderung der tetan. Anfälle, so wie der Schmerzen bestehe. Auch sah er in einem Falle von Trismus neonatorum von der äusserlichen Anwendung des Chloroforms günstigen Erfolg. Es sahen ausserdem Heilung des Tetanus durch Chloroforminhalationen eintreten Slomann, Selkirke, Bargigly etc. Curling sagt, wenn das Chloroform bei Tetanus keine hinreichende Wirkung zeige, so läge die Schuld einzig daran, dass man dasselbe nicht mit gehöriger Energie und Beharrlichkeit anwende. Er erwähnt einen Fall, wo ein Kind, welches

von Wundstarrkrampf befallen war, 13 Tage lang fast ununter-
brochen unter dem Einflusse des Chloroforms gehalten wurde
(es wurden ungefähr 100 ʒ verbraucht) und vollständig genass.
Wenn es auch das Leben nicht zu retten vermöge, so gewähre es
doch in jedem Falle den Kranken die auffallendste Erleichterung.
Bei Hyperästhesie der Blase, bei Bleikolik ist es anzuwenden, wenn
es auch nur ein Palliativmittel ist. Brockmann sah Erfolg in der
colica saturnina, wo er das Opium vergebens angewandt hatte. In
epileptischen und hysterischen Krämpfen ist es mit sehr verschiede-
nem Erfolg angewandt worden. In wenigen Fällen sah man Linderung, in anderen gar keinen Erfolg und wieder in anderen Zunahme
der Krämpfe beim Erwachen. Der Erfolg im delirium tremens kann
eben so wenig ein glücklicher genannt werden, einige Kranke wurden
gereizt, bei anderen verminderte sich das Zittern, andere fielen in Schlaf.
Man hatte in allen Fällen die Inhalationen des Chloroforms angewandt[*]).

In der Hyperästhesie der Nerven ist die locale Anwendung den
Inhalationen vorzuziehen. In der Odontalgie lindert das Chloroform
den Schmerz, wenn man es in das Zahnfleisch einreibt oder eine mit
Chloroform durchtränkte Baumwollflocke in den hohlen Zahn steckt.
Contal gebrauchte es auch, um Zähne schmerzlos auszuziehen und
goss zu diesem Zweck das Chloroform theils in den hohlen Zahn,
theils rieb er das Zahnfleisch damit. Es sollen bei dieser Anwendung
weder Schlaf, noch sonstige zweideutige Symptome vorgekommen
sein. Die Kranken schrieen mitunter, hätten aber keinen Schmerz.
Diese Angaben von Contal finden sich mannigfach bestätigt. Auch
wandte es Contal in verschiedenen anderen Neuralgien mit Erfolg
an. Omeicille heilte Gesichtsschmerz, Colik etc. durch den äusseren
Gebrauch des Chloroforms; er befeuchtet die Cutis mit 10—40
Tropfen, worauf Brennen entsteht, sich die Haut röthet und der
Schmerz verschwindet. Laroque fand Linderung in der cephalaea
hysterica etc., Moreau Heilung des Cumbago; in der Ischias sah er
nichts Besonderes davon. Laroque jun. wandte es mit Erfolg im
syphilitischen Kopfschmerz an. In Hautkrankheiten will Devergie
keinen besonderen Erfolg gesehen haben; durch Verminderung des
Juckens helfe es zur Heilung. Er gebrauchte es in Salbenform.
Mit Erfolg hat man es gegen die bei Krebs vorkommenden lanciniren-
den Schmerzen im berliner Krankenhause gebraucht. M. Buisson
hat guten Erfolg von der äusseren Anwendung des Chloroforms in
der orchitis blennorrh. und rheumat. gesehen. Er schlägt den Hoden
in einen mit Chloroform befeuchteten Lappen, deckt eine Oelcompresse

---

[*]) vergl. innere Anwendung pag. 46.

darüber und befestigt den Verband mit Heftpflaster. Anfangs lässt
er alle 3 Stunden das Chloroform appliciren, später seltener. Schmerzen und Geschwulst sollen bald verschwinden. In schweren Fällen
schickt er Blutegel voraus. Von der Injection in die Urethra bei
Gonorrhoca ist nicht viel zu erwarten; im stadio inflammationis ist
sie zu verwerfen. Dr. Hewlett wandte in 3 Fällen von Dysenteria
und cholera infantum ein Liniment aus Terpentinöl, liniment. sapon.
und Chloroform (gtt.$_{VIII}$ auf $\mathfrak{z}_I$ Liniment) in die Bauchdecken eingerieben mit gutem Erfolge an. Der dadurch entstehende Schmerz
soll schnell wieder vergehen.

Dr. Schäfer behauptete (deutsche Klinik 1850, Nr. 2), dass die
Anwendung des Chloroforms in der Odontalgie und bei der
Extraction der Zähne eine nutzlose sei. Diese Behauptung ist
zu voreilig. Wenn auch die Berichte über die Wirkung des
Chloroforms in dieser Beziehung übertrieben sein mögen, so ist
seine Anwendung doch nicht ganz zu verwerfen.

Moreau: Ein epileptischer, 21 Jahre alter Mann litt seit
3 Wochen an den heftigsten Schmerzen in der linken Nierengegend und dem linken Oberschenkel; 20 — 25 Minuten nach
der Application einer mit Chloroform benetzten Leinwandcompresse auf die schmerzhaften Theile war der Schmerz verschwunden. — Ein alter Soldat, der öfters an Gelenkrheumatis-
mus gelitten, wurde plötzlich von den heftigsten Schmerzen in
der linken Nierengegend und linken Hüfte befallen. Die Application des Chloroforms verschaffte nach 20 — 30 Minuten
Ruhe. Moreau goss $\mathfrak{z}_I$ bis $\mathfrak{z}_{I\beta}$ Chloroform auf die Compresse
und suchte die ganze Oberfläche der schmerzhaften Theile damit
zu bedecken. — Contal: Ein 21jähriges Mädchen litt seit ihrem
10. Jahre an einer Neuralgie des rechten trigeminus. Alle angewandten Mittel halfen nichts. Nachdem 15 Tropfen Chloroform in die schmerzhaften Theile (rechte Wange und Stirn)
eingerieben worden, wich der Schmerz, kehrte aber bald darauf
im Ohr und Hals wieder zurück. Nachdem auch diesen Theilen
Chloroform eingerieben war, stellte er sich zwar noch einmal
ein, wich aber dann einer dritten Einreibung vollständig. —
De Laroque: M. de R. war wegen syphilitischer Affectionen
mehrmals behandelt, aber nie gründlich geheilt worden. Als
de Laroque jun. ihn in Behandlung nahm, litt er an den heftigsten dolores osteocopi, welche keinem Mittel weichen wollten
und dem Kranken jeden Schlaf raubten. De Laroque wandte
das Chloroform an, indem er eine mit dieser Flüssigkeit benetzte
Compresse auf die Stirne des Knaben legte, und nach wenigen

Minuten liessen die Schmerzen nach, es trat Schlaf ein, der um so fester war, als R. zugleich etwas Chloroform inhalirt hatte. Nach bekannt gewordenen Fällen wurden die Inhalationen mit Erfolg angewandt von Maunson in einem Falle von Vergiftung mit Strychnin. Ein 40 Jahre alter Mann hatte sich mit 2 gr. Strychnin vergiftet*). Nach Churchill**) zeigt sich das Einathmen von Chloroform sehr wirksam zur Verhütung oder Abkürzung der Hustenanfälle beim Keuchhusten, namentlich bei älteren Kindern, da kleinere schwer zu gehörigem Einathmen zu bringen sind. — In der angina pectoris wandte Carrière***) mit Erfolg die Inhalationen an. — Le Perdriel†) schlägt die Inhalationen in der Hydrophobie vor. Sie würden einen ruhigen angenehmen Schlaf hervorrufen und die Anfälle mindern. Da eine vollständige Narkose gefährlich sein möchte, so könnte der Kranke in einem Zustande zwischen Wachen und Träumen gehalten werden und in diesem Zustande wäre ihm die Nahrung einzuflössen, ohne dass man ihn eine Flüssigkeit sehen liesse. Wenn das Schlucken erschwert wäre, so könnten nährende Klystire applicirt werden. — Thomas stillte die Krämpfe in der Ecclampsie, doch kehrten sie wieder zurück, wie die Betäubung nachliess. Beatty††) rühmt es bei Puerperal-Convulsionen. Scanzoni†††) sah keinen Erfolg von dem Chloroform, während es Dr. Seifert gelang die Anfälle augenscheinlich zu cupiren. — Dr. Nieberg hemmte die Dauer der Nervenzufälle in der chorea major, doch kehrten sie sogleich nach der Betäubung wieder. In der Pneumonie werden die Chloroforminhalationen von verschiedenen Seiten empfohlen (Wachern, Baumgarten, Helbing, Schmidt, Varrentrapp etc.). Dr. Lorey äussert sich (im Jahresbericht über das Frankfurter Dr. Senkenberg'sche Bürgerhospital, Göttingen 1854) darüber in folgender Weise: „Es ist nicht gerechtfertigt, das Chloroform ein specifisches Mittel für die Pneumonie zu nennen, welches alle übrigen Arzneien und Heilmethoden entbehrlich macht; aber es kann dessen Anwendung doch füglich in der in Rede stehenden Krankheit als eine wahre Bereicherung der therapeutischen Hilfsmittel angesehen werden,

---

*) Annuaire de Thérapeutique etc. 1853, pag. 86.
**) Monthly Journ. Aug. 1853.
***) Bulletin de Thérapeutique du 30 août 1854.
†) Annuaire de Thérapeutique etc. 1853, pag. 89.
††) Doubl Journal Mag. 1854.
†††) Lehrbuch der Geburtshilfe, Wien, 1853.

welche dem Kr. zu nicht geringem Behagen, oft auch zu wahrem Nutzen gereicht. Die Mässigung des heftigen Hustenreizes, die Minderung der Schmerzen, die mit keiner Erhitzung verbundene Beförderung der Hautthätigkeit, diese ziemlich constanten Wirkungen des Chloroforms sind Vortheile, welche recht hoch angeschlagen werden können." Dr. Stohandl (Ungar. Ztschr. IV. 23. 1853) lässt mehrmals täglich kleine Mengen Chloroform (30—40 Tr.) einathmen. Nach der Inhalation tritt Ruhe und Nachlass der lästigsten Krankheitssymptome ein, das Athmen wird freier und langsamer, die Dyspnöe, das Gefühl des Druckes oder Stechens verschwinden, es tritt Behaglichkeit und Ruhe ein. Nach 4—6 Stunden treten die Symptome wieder stärker hervor und man muss die Inhalationen dann wiederholen. Am 2.—4. Tag beginnt die Lösung des Exsudats, am 5—8. Tag ist die Lunge meistens frei und können dann die Inhalationen ausgesetzt werden; am 12.—24. Tag sind die Kranken geheilt. — Dr. Guisard (Journal de chimie medic. 1851, pag. 559) heilte die auf Krampfzuständen beruhende Urinverhaltung und Obstruction durch Chloroforminhalationen.

Ausser den bereits oben angeführten Fällen von örtlicher Anwendung sind noch folgende hervorzuheben. Als Abortiveur der Panaritien hat man 6—7 Stunden lang fortgesetzte Umschläge, alle Viertelstunde mit Chloroform angefeuchtet, empfohlen. Gegen entzündete Hämorrhoiden ist Chloroform mit Belladonnasalbe auf Charpie gestrichen, oder Chloroform in das Rectum mit Cacaobutterzäpfchen gebracht, mit Erfolg angewandt worden. Bei spasmodischer Dysmennorrhoe wird Chloroform auf die Unterbauchgegend applicirt, oder auf Baumwolle in die Scheide gebracht, empfohlen. Bei Krebsgeschwüren am Uterus und der Mamma soll durch die örtliche Application des Chloroforms der Schmerz und die Blutung gestillt werden. Bei zwei Mädchen von 9 u. 11 Jahren und einer schwangeren Frau von 28 Jahren heilte Scottini zu Pavia die Chorea electrica durch Inhalationen (6—8 Tage hintereinander 3—4 mal täglich) und Einreibungen in die Wirbelsäule während mehrerer Wochen vollständig. B. Langenbeck heilte die Hydrocele durch Chloroforminjection. Er injicirte nach Abfluss des Wassers 1—1½ 3 Chloroform, brachte dasselbe durch leises Kneten in allseitige Berührung mit der Scheidencavität und liess es dann abfliessen. Dann machte er 1—2 Einspritzungen mit kaltem Wasser und liess so lange kalte Umschläge machen, bis die Schmerzen aufhörten. Nach den ersten 24 Stunden schwellen Scheidenhaut und Albuginea etwas an und man fühlt Fluctuation. Schon am 2. Tage fühlt man innerhalb der Scheidenhaut eine festweiche Masse, die beim Fingerdruck eine deutliche Crepitation wahrnehmen lässt. Diese fibrinöse Exsudatmasse bleibt mehrere Tage, selbst bis zum 10. Tage fühlbar. Mitunter kommen in den ersten 12 Stunden Brechneigung, Erbrechen, Ructus und Flatus vor. Die Heilung erfolgt in 2—3 Wochen. — Dr. Hardy empfiehlt die örtliche Anwendung der Chloroformdämpfe bei schmerzhaften Krankheiten der weiblichen Genitalien, bei Pruritus pudendi.

Ueber die Wirkung des Chloroforms als locales Anästheticum sind die Meinungen verschieden. Zu Gunsten der örtlichen Chloroformwirkung führt Dubois seine mit dem Hardy'schen Apparate*) gemachten Erfahrungen an. Er öffnete einen Achselabscess schmerzlos. Bei einer versuchsweise vorgenommenen Anwendung dauerte die Empfindungslosigkeit 3 Stunden. Fiquier benutzte warme Chloroformdämpfe, da er meint, die Absorption des Chloroforms werde durch eine erhöhte Temperatur gefördert. Diesen Empfehlungen der localen Chloroformanästhesie steht eine nicht unerhebliche Anzahl von Fällen entgegen, in welchen das gedachte Verfahren wenig oder gar keinen Nutzen brachte. Velpeau sah gar keinen Erfolg, Giraldès erhielt nur negative Resultate, ebenso Roger und Guersant. Bessere Resultate erhielt Larrey. Laugier glaubt noch kein Urtheil geben zu können und fordert zu Versuchen auf.

Innere Anwendung.

Weniger allgemein als die äussere, ist die innere Anwendung des Chloroforms geworden. Es ist als ein schlafbringendes Mittel zu bezeichnen. Dr. Arzt zu Berlin sah Erfolg von 15—16 Tropfen, wo

---

*) Dieser Apparat besteht aus einer kleinen Metallkammer, an deren einem Ende eine Flasche von Kautschuk und eine Klappe sich befindet, durch welche die nothwendige atmosphärische Luft eingeführt wird; am anderen Ende ist ein mit einer Klappe versehenes kurzes Metallrohr angebracht. Man bringt nun einen mit Chloroform angefeuchteten Schwamm in die zum Abschrauben eingerichtete Gummiflasche, verbindet mit dem Rohr der Metallkammer eine geeignete Röhre, die man nach allen beliebigen Theilen hinleiten kann und treibt durch Drücken auf die Gummiflasche die Chloroformdämpfe aus.

er das Morphium ohne allen Erfolg angewandt hatte. Der Schlaf soll so viele Stunden dauern, als Tropfen genommen würden (!) Guillot zu Paris schrieb 1 Theil Chloroform auf 100 Theile Wasser schon 1843 als Mittel gegen Asthma vor. Fromby in Liverpool und J. J. Simpson gebrauchten es innerlich als Reizmittel. Uytherhoeven gebrauchte es als Narcoticum, um die so lästige Agrypnie der Greise zu vertreiben und verschrieb zu diesem Zwecke 4—15 Tropfen Chloroform in einer schleimigen Mixtur von 4—6 Unzen, alle 2 Stunden einen Esslöffel voll. Es sollen die unangenehmen Eindrücke des Opiums fehlen.

In der neueren Zeit ist der innere Gebrauch des Chloroforms zu bedeutendem Ansehen gelangt. Die Pneumonie wurde mehrmals glücklich (?) damit behandelt (Stohandl). In Frankreich und England erfreut sich das Chloroform des ausgebreitetsten Gebrauches, doch sind die Berichte, welche daher kommen, immer etwas misstrauisch zu betrachten. Ich habe es einmal bei Carcinoma ventriculi angewandt. Die Dose (3 Tropfen in einem Esslöffel voll Schleim) bewirkte heftige Krämpfe, welchen nach 6 Stunden der Tod folgte. Berg*) hat aus dem Aufsatz: Du chloroforme employé comme narcotique dans les maladies de vieillards (im Journal de medécine chirurgie et pharmaeologie publié par la sociéte des seienees médicales et naturelles de Bruxelles, 1848. Mars. Pag. 239) die Krankheiten herausgezogen, in welchen Uytherhoeven die Agrypnie mit Erfolg durch Chloroform behandelte; es sind: Bronchitis epidemica, Asthma periodicum, Bronchitis chronica, Cordis valvularum coarctatio eum exsudatione pleuitica et anasarca, Phthisis pulmonalis, Cephalalgia, Gastritis levis et Pleurodynia, Pleuro-Pneumonia chronica, Pneumonia in secundo stadio, Bronchitis subacuta, Emphysema pulmonum, Gastroenteritis subacuta eum halucinationibus. Man kann hieraus vielleicht mit Vorsicht nehmen, dass diese Krankheitszustände den Gebrauch des Chloroforms nicht contraindiciren. Gute Wirkung sah ich in der Klinik des Herrn Prof. Vogel von der inneren Anwendung des Chloroforms. Er gab dasselbe in einer schleimigen Mixtur im Verhältniss von ℨβ Chlorof. auf 6 ℥ Mixtur. Delioux gebrauchte das Chloroform mit Erfolg gegen febris intermittens, wo ihn andere Mittel im Stiche gelassen. Er verordnete 5 Centigrm. auf 1 grm. Mixtur. Girandet theilt 5 Beobachtungen von febris intermittens mit, von denen 4 durch Chloroform geheilt wurden. Er gab 200 grm. Syrup

*) Dissert. inaug. de chlorof. Francofurti ad M. 1848.

mit 6 grm. Chloroform und liess einen Esslöffel voll vor dem
Anfall nehmen und einen beim Eintreten des Frostes. —
Dr. Borremans wandte bei einem in Folge eines noch nicht
völlig geheilten Wechselfiebers an äusserst heftigen Zufällen
von Opistotonus und Trismus leidenden 3½ jährigen Kinde
20 Tropfen Chloroform in 4 ʒ Gummimixtur, alle ½ Stunde
einen Desertlöffel voll mit so günstigem Erfolge an, dass schon
nach der zweiten Dose Ruhe und Schlaf und bald vollständige
Genesung eintrat. — In der Colica saturnina legt Aran bei
heftigen Schmerzen eine mit Chloroform befeuchtete Compresse
¼ — ½ Stunde lang auf den Leib und gibt während des Tages
eine Mixtur, bestehend aus

> Pr. Chloroforme   40 gouttes.
> Gomme adragant   4 gram.
> Sirop de sucre   30 —
> Eau   100 —

esslöffelvollweise. — Ueberdiess lässt er am Nachmittage erst
ein gewöhnliches Klystir geben und unmittelbar darauf den
4. Theil des Klystirs, wie folgt:

> Pr. Chloroforme   20 gouttes.
> Gomme adragant   8 gram.
> Jaune d'oeuf   No. 1.
> Eau   125 gram.

Sind am anderen Morgen die Schmerzen noch nicht verschwunden,
so lässt er die topische Application wiederholen. Die Mixtur,
das gewöhnliche Klystir und der 4. Theil des Chloroform-
klystirs werden so oft während der folgenden Tage wiederholt,
bis regelmässiger Stuhl erfolgt. Daneben in Intervallen Schwefel-
bäder. Nur ein einziges Mal will er eine dritte topische Application nöthig gehabt haben. Ueber Inhalationen in der
Colica saturnina wurde bereits oben gesprochen. — Bennett
empfiehlt gegen Tenesmus uteri, welcher oft die Menstruation
begleite, folgenden Trank:

> Pr. Chloroforme   15 décigram.
> Camphre   25 centigram.
> Ether sulfurique   15 décigram.
> Teinture de myrrhe   15 —
> Mucilage de gomme arabique   8 gram.
> Sirop d'orange   8 —
> Eau camphrée   30 —

Alle Stunde einen Esslöffel voll zu nehmen. — Bowe berichtet einen Fall (Gaz. des Hôp. 39. 1854), in welchem Chloroform mit Erfolg gegen Epilepsie angewandt wurde. Ein 19 Monat altes Kind litt seit dem 5. Monat seines Lebens an äusserst heftigen, oft 18mal täglich wiederkehrenden epileptischen Anfällen. Es war so erschöpft, dass es nicht mehr ernährt werden konnte. Bowe verordnete 5 Tropfen Chloroform in einem schleimigen Vehikel jedesmal nach dem Anfalle zu geben. Gleich nach der ersten Dose schlief das Kind anhaltend fort, Convulsionen traten nicht auf, die Sensibilität war ungestört. Nachdem das Mittel etwas länger, als 14 Tage 3mal täglich genommen worden war, konnte die Heilung als vollständig betrachtet werden. — Dr. Escolar (El Siglo med. Jan. 1854) theilt einen Fall mit, in welchem die innere und äussere Anwendung des Chloroforms mit Aether gegen Kupferkolik von Erfolg war. Ein mit Pulvern von Grünspan beschäftigter Apothekergehülfe, 28 Jahre alt, bisher stets gesund, klagt über Schwäche in den Beinen, über schlechten Geschmack im Munde des Morgens, über Schmerzen im Unterleibe während der Verdauung und Abends über Kopfweh. Da diese Zufälle nach der Arbeit an Stärke zunahmen, so wurde er in's Hospital aufgenommen. Sein Zustand war folgender: Decubitus im Rücken, Unterschenkel gebeugt, Gesicht eingefallen und gelblich, Conjunctiva gleichmässig gelb, mit einem grünlichen Scheine, Zunge ebenso gefärbt, an den Rändern weissgelb, Unterleib in der reg. umbilicalis, iliaca dext. u. sinist. etwas meteoristisch aufgetrieben, beim Druck schmerzhaft, Uebelkeit mit Erbrechen grünlicher Materien, Borborygmen mit nachfolgenden Kolikzufällen und häufigen mit Brennen und Tenesmus verbundenen galligen Stuhlausleerungen. Da die gewöhnlichen Mittel erfolglos blieben, erhielt der Kranke folgende Einreibung in den Unterleib:

> R. Chloroform.
> Aether. sulph. $\widehat{aa}$ ʒı.
> Ol. amygd. dulc. ʒı.

und innerlich:

> R. Chloroform.
> Aether. sulph. $\widehat{aa}$ Ɣ.
> Aqu. meliss. ʒııı.
> Syr. Cort. aurant. ʒꝑ.

Heilung erfolgte am 11. Tage nach Anwendung des Chloroforms. — Als Emmenagogum ist das Chloroform mit gutem Er-

folg von M. van Oye (Journ. de chimie médie. 1854. pag. 246)
innerlich angewandt worden. Er hebt besonders einen Fall hervor, in welchem eine Hysterica seit zwei Monaten nicht menstruirt
war. Der innere Gebrauch des Chloroforms, verbunden mit
Inhalationen, bewirkten schnelle Heilung. Dr. Gibson (a. a. O.
pag. 256) will nur durch Inhalation in 5 Fällen von theils unregelmässiger, theils unterdrückter Menstruation Heilung bewirkt
haben. — Im Delirium tremens gab Prat (Annuaire de Thérapeutique etc. 1853, pag. 90) 4 grammes Chloroform in einer hin-
reichenden Menge Wassers; dieselbe Dose nach 4 Stunden und
nach abermals 4 Stunden wiederum diese Dose. Eine Stunde
nach der letzten Dose schlief der Kranke ein. Nach 10 Stunden
erwachte er und schlief dann wieder auf's Neue ein. So dauerte
der Schlaf mit geringen Unterbrechungen während 24 Stunden,
nach welchen der Kranke geheilt war. In einem anderen Falle
gab er einen Kaffeelöffel voll Chloroform auf einmal in ein wenig
Wasser. Eine Stunde darauf liess er den Kranken 8 grammes
esprit d'éther sulfurique composé und teinture de valériane und
4 grammes Chloroform auf einmal nehmen. Eine Viertelstunde
darauf schlief der Kranke ein. Der Schweiss liess nach, der
Puls war voller und resistenter. Nach dem Erwachen (nach
3½ Stunde) gab man ihm wieder einen kleinen Löffel voll Chloroform mit teinture de valériane und Hoffmannstropfen und nach
einer Stunde wiederum 4 grammes Chloroform. Er schlief darauf
längere Zeit und erwachte gekräftigt und gestärkt (a. a. O. 1854,
pag. 30). — Wahu verwirft die bisher gebräuchlichen Formeln
sowohl für die innere, als äussere Anwendung des Chloroforms
und will folgende gebraucht wissen:

Innerlich: Chloroforme   15 à 20 gouttes
            Alcool à 33 degrés 30 à 40 —
            Sirop simple   30 grammes   .
            Eau distillée   80 . —

Zuerst soll man den Alkohol in ein Gefäss thun, dann schnell
das Chloroform hinzuschütten und tüchtig umschütteln, schliesslich
den Syrup und das Wasser; auf diese Art sei man sicher, dass
jeder Löffel voll dieselbe Quantität Chloroform enthalte.

Aeusserlich: Chloroforme 10 grammes
              Alcool   20   —

Man soll es rasch auf Flanell giessen und mit einer undurch-
dringlichen Compresse bedecken.

Als Liniment: Chloroforme   5 grammes.
Alcool   10   —
huile d'amandes 30   —

Zuerst wird das Chloroform im Alkohol gelöst und dann das Oel zugegossen. —

Einen Fall von Vergiftung durch den inneren Gebrauch von Chloroform theilt das Journal de chimie médic. 1851 pag. 467 mit. Ein junger Mann, welcher betrunken scheint, kommt eines Nachmittags in eine Barbierstube, setzt sich auf eine Bank und schläft. Anfangs gab man nicht Acht darauf. Als aber der Schlaf etwas lange dauerte, wurde der Inhaber der Barbierstube unruhig und schickte zu dem Doctor Gleadall, welcher alsbald erkannte, dass der Jüngling in tiefem Coma lag: Haut kalt, Pupille weit und gegen Licht unempfindlich, Respiration tief, Puls = 65, der Athem roch nach Chloroform. In der Tasche des Unglücklichen fand man ein 4 ℥ grosses Glas. Der Arzt führte eine Schlundsonde ein und goss durch dieselbe eine grosse Quantität Wasser in den Magen. Da dieses Mittel nichts half und der Kranke mehr collabirte, so wurde er in das Hospital gebracht. Der Morgen des anderen Tages ergab Folgendes: vollständiger Collapsus, allgem. Blässe, kalte Haut, unregelmässige Action der Pupillen, bald sind sie weit, bald contrahirt, stertoröse Respiration, Puls = 50 in der Minute, sehr schwach und leicht hinweg zu drücken, leichte convulsivische Bewegungen. Ableitungen aller Art, der innere Gebrauch des Ammoniac, warme Fomentationen riefen die Sensibilität bald wieder zurück und nach 3 Tagen verliess Patient geheilt das Hospital. Annuaire de thérapeutique par Bourchardat, welche dasselbe Geschichtchen auf Seite 64 von 1852 mittheilt, knüpft noch die Bemerkung daran, dass dieser Fall uns in der inneren Anwendung des Chloroforms nur bestärken könne. Bemerkenswerth ist hier (wie schon Bourchardat a. a. O. bemerkt), dass die Wirkung des Chloroforms eine andere war, weniger intensiv, als wenn dasselbe inhalirt wird, und ist diese Wirkung dieselbe, wie ich sie in den Versuchen (pag. 19 u. 21) durch Injection des Chloroforms erhielt.

Anwendung bei Operationen.

Als ich (pag. 27) von dem Werthe, die Narkose in verschiedene Stadien einzutheilen, sprach, erwähnte ich bereits, dass es nur von practischer Bedeutung sei, den Zeitpunkt (Grad) zu bestimmen, in welchem eine bestimmte Operation ausgeführt werden soll. Je nach der Wichtigkeit und Eigenthümlichkeit der Operation wird bald eine unvollständige Anästhesie genügen, bald eine vollständige Anästhesie, bald die Narkose bis zur Muskelrelaxation erforderlich sein. Bei unbedeutenden Operationen, wie Incisionen, wird die Verminderung des Schmerzes schon ausreichen, während die Reposition der luxirten Gelenke und der Hernien, sowie die meisten Augenoperationen nothwendig die Muskelrelaxation erheischen. Bestimmte Regeln lassen sich nicht aufstellen. Es ist lediglich Sache des Chirurgen im einzelnen Falle den Grad der Narkose der Operation anzupassen. Ob er z. B. bei Eröffnung eines Abscesses das Chloroform bis zur vollständigen Anästhesie oder überhaupt gar nicht anwendet, wird von Umständen abhängen, die für den einzelnen Fall entscheidend sind, aber nie auf bestimmte Regeln zurückgeführt werden können.

Baudens rieth im Stadium der Unempfindlichkeit zu operiren und die Inhalationen nicht bis zur Muskelrelaxation fortzusetzen, weil dies gefährlich sei. Er hat hierbei den Zwischenraum zwischen beiden Stadien grösser genommen, als er in der That existirt. Liegt einmal der Kranke im tiefen Schlaf, so sind auch die Muskeln erschlafft, und dieser Rath daher nicht auszuführen, es sei denn, dass er sich auf unbedeutendere Operationen bezieht, wo indessen nicht einmal das Stadium der vollständigen Unempfindlichkeit unbedingt nothwendig ist.

Anwendung in der Geburtshilfe.

Aus den Beobachtungen von Sachs geht hervor, dass in den ersten Geburtsperioden die Wehen durch das Chloroform gemindert werden und oft sogar für mehrere Minuten cessiren, nach Entfernung des Chloroform aber stets kräftiger und regelmässiger wiederkehren. Da nun in den späteren Geburtsperioden die Wehenthätigkeit nicht alienirt, wohl aber die gewünschte Schmerzlosigkeit herbeigeführt wird, so haben sich die meisten Forscher dahin ausgesprochen, das Chloroform in diesem Zeitraum zur Anwendung zu bringen, so z. B. Simpson, wenn der Muttermund schon vollständig geöffnet ist, oder Sachs, wenn der Kopf des Kindes bereits zum Einschneiden gekommen ist. Man hat hierbei eine Erlahmung der Wehenthätigkeit oder der Muskelkraft nicht zu fürchten, da hierzu grössere Gaben nothwendig sind, als man sie zur Stillung des Wehenschmerzes in der normalen Geburt anzuwenden braucht. Ausser der schmerzstillenden Wirkung kommt noch jene in Betracht, in Folge deren Perinäum und Scheide erschlaffen, so dass diese Theile weniger Geburtsverzögerungen veranlassen, als auch weit seltener durch einen Einriss verletzt werden. Die Geburtsverzögerung, welche durch die Narkose entsteht, ist sehr gering — meist nur wenige Minuten — und für Mutter und Kind ohne Gefahr. Trotz diesen günstigen Erfolgen verwerfen doch viele englische, deutsche und nordamerikanische Aerzte die Anwendung des Chloroforms in der normalen Geburt. Montgomery (vergl. pag. 4) will diesen „physiologischen Schmerz" nicht unterdrückt wissen. Nach den jetzigen Erfahrungen aber kann mit Recht als feststehend angenommen werden, dass die Chloroformdämpfe mit Glück und Vortheil bei normalen Geburten angewandt werden können.

Uebereinstimmender sind die Geburtshelfer bei der Anwendung des Chloroforms während der geburtshilflichen Operationen. Von fast keiner Seite her sind nachtheilige Wirkungen für Mutter oder Kind bekannt. Nur Hüter will unglückliche Erfolge gesehen haben, die man aber, wie die Berichte vorliegen, auch ebenso gut andern Ursachen zuschreiben kann. Der Curiosität halber führt Professor Meigs in Philadelphia an, das Chloroform sei zu verwerfen, weil die Empfindung des Kranken der sicherste Wegweiser bei einer Operation sein müsste (!).

Zur Ausführung von Wendungen und zur Beseitigung von Krampfwehen ist die Anwendung des Chloroforms gerechtfertigt. Bei ersteren haben die Chloroforminhalationen einen bedeutenden Erfolg, weil nicht allein das Schmerzgefühl während der Operation unterdrückt ist, sondern auch die Erschlaffung der Muskulatur des Uterus die Wendung erleichtert. Besonders nützlich zeigt sich das Chloroform in den Fällen, in welchen nach Abfluss der Fruchtwässer der Uterus die Kindestheile fest umschnürt, welche Contraction sich bis zum tetanus und der constrictio spastico-inflamatoria (Scanzoni) ausbilden kann. Selbstverständlich müssen die Inhalationen bis zur

Muskelrelaxation fortgesetzt werden. Bei den verschiedenen Formen von Krampfwehen leistet das Chloroform ebenfalls wesentliche Dienste, doch ist auch hier das Stadium der Muskelrelaxation erforderlich.

Dr. Hampe*) ist nach den Beobachtungen von Simpson, Denham, Murphy, Sachs und anderen Autoren zu folgenden Puncten gekommen:

1) Das Chloroform hebt den Schmerz bei normalen Geburten, wie geburtshilflichen Operationen gänzlich auf oder mindert ihn doch bedeutend.

2) Die Wehenthätigkeit und die Mitwirkung der Bauchpresse werden bei mässiger Anwendung nicht aufgehoben, wenn sie auch beim Eintritt der Betäubung auf kurze Zeit nachlassen sollten.

3) Die durch Aufregung und Schmerzen hervorgerufenen unregelmässigen Wehen werden durch das Mittel geregelt.

4) Das Perinäum und die Scheide erschlaffen, der Dammriss wird ziemlich sicher vermieden.

5) Der Einfluss auf das Wochenbett ist ein sehr günstiger, die Reconvalescenz ist beschleunigt.

6) Manche, vielleicht alle Formen von Krampfwehen können dadurch beseitigt werden.

7) Die Ausführung geburtshilflicher Operationen, vorzüglich der Wendung, werden bedeutend erleichtert.

8) Leben und Gesundheit des Kindes werden in keiner Weise gefährdet.

9) Die Dauer der Narkose kann ohne Schaden auf mehrere Stunden ausgedehnt werden.

10) Es ist kein geburtshilflicher Fall mit Sicherheit bekannt, in welchem der Tod durch Chloroform eingetreten ist. —

Anwendung in der gerichtlichen Medicin.

In der gerichtlichen Medicin hat das Chloroform bis jetzt wenig gestiftet. Es kann dazu dienen, um simulirte Contracturen nachzuweisen. Um die simulirte Epilepsie zu erkennen, hat man das Chloroform verworfen, weil verschmitzte Betrüger doch nicht davon über-

---

*) Ueber die Anwendung des Chloroforms in der Geburtshilfe, Würzb. 1854.

listet werden, und es in der wirklichen Epilepsie schadet. Ausserdem ist auch die Epilepsie durch genaue Beobachtung von der simulirten wohl zu unterscheiden. In der simulirten Taubheit und Blindheit reicht bei geübten Betrügern das Chloroform auch nicht aus.

Todesfälle und Ursache derselben.

Der Ausspruch Sédillot's, dass reines Chloroform, wenn es richtig angewandt würde, niemals tödte, hatte bereits die ängstlichsten Gemüther beruhigt, als plötzlich ein Angstschrei die Glücklichen aus ihren Träumen riss. Eine Frau, welche behufs einer Zahnoperation Chloroform eingeathmet hatte, fällt in Lethargie, in welcher sie für todt gehalten dem Grabe übergeben wird*). Der zweite lethale Fall kam in Bonn vor, den dritten erzählt Dr. Robert, den vierten Brown zu London. Dr. Wells zu Quebeck übergoss in der Chloroformexaltation mehrere vorübergehende Damen mit Schwefelsäure. Desshalb ins Gefängniss geworfen tödtet er sich durch Anstechen der linken Arteria cruralis. Viel von sich reden machte die Frau eines jungen Berliners, welche zu Anfang Novembers 1849 behufs einer Zahnoperation chloroformirt wurde und ebenfalls der Narkose unterlag. Obgleich Virchow schon 1848 zwei lethale Ausgänge berichtet hatte, die in der Charité zu Berlin vorgekommen waren, so war dieser Fall doch der erste, welcher in Deutschland zur allgemeinen Kenntniss kam. Zu den bereits bekannten Fällen lieferten noch neue hinzu Robinson, Aschendorf, Delarue, John Snow, Buck etc. Die Pariser Academie berief wegen diesen traurigen Begebenheiten am 21. Oct. 1848 eine Versammlung von Aerzten, um diese Fälle in nähere Erwägung zu ziehen. Roux, Velpeau, Amussat, Jobert, Renaud, Malgaigne, Bégin befanden sich in dieser Gesellschaft. Die Resultate dieser Berathung waren:

1) das Chloroform gehört zu den wirksamsten Substanzen, ist den Giften beizuzählen und seine Anwendung nur geübten Männern anzuvertrauen;

2) das Chloroform kann die Luftwege reizen, wesshalb es in Lungen- und Herzaffectionen mit der grössten Vorsicht anzuwenden ist;

---

*) Weiss erzählt, dass die Eltern den Scheintod erst später erkannt hätten.

3) das Chloroform kann direct tödten, zumal wenn das Stadium der
Anästhesie zu lange unterhalten wird; es sind desshalb die Inhalationen zu unterbrechen;

4) für Zutritt der atmosphärischen Luft muss bei den Inhalationen
gesorgt werden.

Ueber die Todesursache schwieg diese Versammlung. Eine
andere Versammlung von Aerzten, welche in Berlin statt hatte,
lieferte ebensowenig etwas Gewisses. Auf welche Art durch das
Chloroform der Tod herbeigeführt wurde, blieb ein Geheimniss. Als
der erste Fall der gerichtlich medicinischen Untersuchung übergeben
wurde, wandten sich alle Blicke nach Berlin, wo Casper die Befunde
seiner mit grosser Sorgfalt angestellten Sectionen veröffentlichte. Die
Sectionsbefunde vermochten das Dunkel nicht aufzuhellen. Die von
Casper erwähnten constanten Erscheinungen, laxes, blutleeres, oder
mit schwarzem flüssigem Blute gefülltes Herz, lassen sich auch als
von anderen Zuständen abhängig erklären. Ueberdies sind diese
Erscheinungen auch nicht constant. Eine bald nach dem Tode angestellte Section liefert in der Regel ein pralles, mit schwarzem flüssigem
Blute gefülltes Herz. Wird die Section später gemacht, so findet
man das Blut coagulirt. Da die pathologische Anatomie keinen Auf-
schluss gab, so musste man zu anderen Erklärungen seine Zuflucht
nehmen.

Drey glaubt, dass das Chloroform eine directe Paralyse der
Circulationsorgane bewirke, wie die Blausäure und stützt seine Be-
hauptung auf die Abnahme der Pulsfrequenz. Diese Ansicht bestätigt
sich insofern nicht, als das Herz noch in Thätigkeit ist, wenn die
Respiration aufgehört hat und überdiess eine solche Abnahme der
Pulsfrequenz nicht beobachtet wird, als sie doch nothwendig zur
Erklärung dieses Vorgangs müsste.

Die von Virchow beschriebenen Luftblasen (Chlorgas) hat man
als Erklärung aufgenommen und denselben eine ähnliche Wirkung,
wie der in die geöffneten Venen eingedrungenen Luft zugeschrieben.
Wäre dies der Fall, so müssten diese Luftblasen öfter vorkommen.
Ueberdiess sind die Sectionsberichte darüber meistens auch so unvollständig, dass man eher in dem in Zersetzung übergegangenen Blute
die Ursache der Luftblasen sehen kann, als in dem Chloroform. Warum
bildet der Sauerstoff keine Luftblasen, wäre eine Frage, die man ebenfalls dieser Behauptung entgegenstellen könnte.

Casper schliesst aus dem laxen Herzmuskel, dass derselbe direct
von dem Chloroform afficirt und seine Function zuerst aufgehoben
würde, indem nur in den Fällen, in welchen das Herz durch das Gift
direct getroffen, die Muskelatur desselben erschlafft sei; in der Asphyxie

würde das Herz noch contrahirt, wenn auch die Respiration aufgehört
habe. Gegen die Behauptung, dass die Function des Herzens aufgehoben würde, spricht Stanelli auf Untersuchungen gestützt. Ich
muss der Behauptung Stanelli's beipflichten, indem es mir, wie bereits
oben bemerkt, in den meisten Fällen gelang, die Herzactionen noch
zu beobachten, wenn die Respiration aufgehört hatte, sowie auch die
Thiere durch die künstliche Respiration wieder zu beleben, ein Versuch, der wohl vergebens sein wird, wenn das Herz einmal stillge-
standen hat.

Einer Hyperämie des Gehirns hat man die Ursache des Todes
zugeschrieben. Diese Hyperämie ist aber nicht von einer solchen
Bedeutung, dass sie den Tod herbeiführen könnte; ausserdem wird
sie auch nicht immer gefunden.

Eine durch das Chloroform bedingte Paralyse der Stimmbänder
hat man beschuldigt, indem durch sie die Respiration behindert würde.
Wäre diess der Fall, so müsste, wenn die Luft auf einem anderen
Weg in die Lungen gelangen könnte, entweder der Tod abgehalten,
oder doch verzögert werden. Lässt man aber Thiere durch eine in
die Trachea eingebrachte Canüle athmen, so sterben sie ebenso schnell,
als wenn sie das Chloroform durch den Kehlkopf inhaliren.

Eine Menge Krankheitszustände hat man als Todesursache auf-
geführt. Wenn auch viele derselben, wie Epilepsie, Hysterie, grosse
Schwäche etc. zur Vorsicht mahnen, so sind doch zu viele Fälle bekannt, in welchen das Chloroform sehr gut vertragen wurde, als dass
man denselben die Ursache des Todes zuschreiben könnte. Dasselbe
gilt von der Aufregung vor der Operation.

Eine Idiosyncrasie, die man ebenfalls als Todesursache angegeben
hat, kann um so weniger als solche gelten, als dann der Tod zu den
Ausnahmen gezählt werden müsste.

Eine chronische Vergiftung jetzt schon nach den wenig bekannten
Fällen zu statuiren, ist man nicht berechtigt, da in den beschriebenen
Fällen der Tod auch durch die Krankheit (Operation) herbeigeführt
sein konnte.

Der Tod soll nach manchen Autoren durch ein Hinderniss in der
Respiration eintreten. Dieses Hinderniss könnte in dem Kehlkopf
(rima glottidis), in der Trachea, in den Bronchien oder in den Lungen
selbst liegen. John Fergusson berichtet über einen Fall, in welchem
beide Lungen mit Blut überfüllt waren, besonders die hinteren Theile;
ebenso die Trachea und Bronchien lebhaft injicirt. „Die Epiglottis
„hatte an ihrem freien Rande einen breiten rothen Saum und erschien,
„wie wenn sie zu beiden Seiten zusammengedrückt worden wäre. Die
„Schleimhaut des Kehlkopfs war durch Injection der Gefässe dunkel-

„roth gefärbt." Wo lag hier das Hinderniss? Eine Injection bedingt
noch kein Athmungshinderniss und die Blutüberfüllung der Lungen
konnte auch auf andere Ursachen zurückgeführt werden.

Stanelli will ein Athmungshinderniss in der Verstopfung der
rima glottidis durch Schleim sehen. Der Schleim könne durch die
Abstumpfung der Sensibilität nicht mehr als Reiz wirken, wesshalb
auch keine Reflexbewegungen (Husten), ihn zu entfernen, statt
fänden. Bei meinen Versuchen hat sich ein Hinderniss in der Respiration selbst in der tiefsten Narkose noch durch vermehrte Anstrengung der Respirationsmuskeln kund gegeben. Ich glaube, dass
bei dem Menschen dasselbe statt findet. Wenn man auch die Mög-
lichkeit einer solchen Todesart nicht leugnen kann, so ist doch bis
jetzt noch kein Fall bekannt, der diese Thatsache mit Evidenz be-
weisst. Dass das Eingehen mit dem Finger und die Entfernung
des Schleimes öfters von gutem Erfolge gewesen sind, glaube ich
auf Rechnung des durch den eingehenden Finger verursachten
Reizes setzen zu müssen, da auch Escallier das Einbringen zweier
Finger bis zu den Stimmbändern vorschlägt, aber von der Entfernung eines dort angesammelten Schleimes nichts erwähnt. Was
meine Versuche von der Reizbarkeit der Trachealschleimhaut (pag.
10 u. 11) ergaben, glaube ich auch von der Schleimhaut des Larynx
behaupten zu dürfen, zumal Escallier erwähnt, dass auf das Experiment augenblicklich eine Exspiration erfolge.

Es bleiben nach diesem zur Erklärung des Chloroformtodes
noch übrig die Dose, das Präparat und die Art der Anwendung.
Der Tod kann herbeigeführt werden durch eine zu grosse Dosis.
So richtig diese Behauptung ist, so schwer ist ihre Anwendung
auf den einzelnen Fall, indem oft der Tod nach den ersten Inhalationen eintrat, und wiederum ohne alle Gefahr eine bedeutende
Quantität vertragen wurde.

Der Tod kann herbeigeführt werden durch das Präparat. Es
ist bekannt, dass sich das Chloroform, wenn es dem Lichte und
der atmosphärischen Luft ausgesetzt ist, leicht zersetzt. Die Art
der Bereitung kann auf die Zersetzlichkeit Einfluss haben. Christison
erwähnt, dass, wenn man zur Reinigung des Chloroforms nach
Dr. Gregoy's Methode Schwefelsäure gebraucht, dasselbe unhaltbar
wird. Seite 5 wurde erwähnt, dass der hohe Preis des Chloroforms
der Einführung desselben in die Praxis anfangs im Wege stand.
Der ausgedehnte Gebrauch erregte den Speculationsgeist der Fa-
briken und man wetteiferte darin, ein billiges Präparat zu liefern.
Dass man dadurch von der ursprünglichen Bereitung abwich, war
natürlich. Statt des in seinem Chlorgehalte schwankenden Chlor-

kalkes nahm man unterchlorigsaures Natron mit essigsaurem Natron zusammen, bei welcher Bereitung das Chloroform meist Aceton enthält. Eine bedeutende Menge Chloroform soll die Destillation des künstlichen Aceton's mit unterchlorigsaurem Natron geben, wobei es ebenfalls schwierig ist, acetonfreies Chloroform zu erhalten. Bei der Bereitung aus Holzgeist wird das Chloroform zwar sehr billig, enthält aber gewöhnlich noch Elaylchlorür. Nimmt man hinzu, dass das Chloroform in den Apotheken vielleicht nur beim Einkauf geprüft wird, es sich daher in diesen schon zersetzt haben kann — ferner, dass in den Kliniken das Chloroform durch seinen öfteren Gebrauch dem Lichte und der Luft oft und lange ausgesetzt ist, so kann es wohl vorkommen, dass statt des Chloroforms dessen Zersetzungsproducte eingeathmet werden.

Ueber die Qualität des Chloroforms sagt Dr. Hampe *): „So haben „deutsche Aerzte hinreichend Gelegenheit gehabt, sich zu über- „zeugen, dass das in Edingburg verwendete Chloroform den „Vorzug vor manchem fremden verdient, indem sein Geruch „milde und sanft war und weder Husten noch Niessen hervorrief." Auch kommt es dort sehr selten vor, dass dasselbe Erbrechen oder im Contact mit der Haut einen Ausschlag bewirkt.

Der Tod kann herbeigeführt werden durch die Art der Application, wenn diese den Zutritt der atmosphärischen Luft in hinreichender Menge verhindert. Diese Gefahr wird häufig herbei geführt, wenn sich die Kranken gegen die Inhalationen sträuben, wobei dann der Assistent, welchem die Application des Chloroforms übertragen ist, sehr oft versucht wird, dem Patienten die Compresse mit Gewalt auf Mund und Nase zu drücken, um dadurch zugleich auch den Bewegungen des Kopfes Einhalt zu thun.

In den Fällen, in welchen alle Vorsicht gebraucht wurde, das Chloroform rein war und dennoch der Tod eintrat, glaube ich ihn herbeigeführt *durch Aufhebung der Function der der Respiration vorstehenden Nervencentra und zwar direct durch das Chloroform*. Die Gründe, welche mich hierzu bestimmen, sind:

1) weil die Respiration zuerst aufhört und eine Unregelmässigkeit in ihr zuerst wahrgenommen wird;

2) weil es uns gelingt das gesunkene Leben durch künstliche Respiration wieder aufzurichten.

Die durch das Chloroform bedingte Aufhebung der Function dieser Nervencentra hängt von dem Quantum des ihnen zugeführten

---

*) A. a. O.

Chloroforms ab und ist nicht dauernd. Es ist derselbe Process, als wenn auf den nervus ischiadicus Chloroform applicirt wird. Die Lähmungserscheinungen hören mit dem Verschwinden des Chloroforms auf. Da das Chloroform durch die Lungen wieder ausgeschieden wird, so muss auch eine Rückkehr der Function dieser Nervencentra stattfinden, welche Rückkehr aber je nach dem Quantum des von den Centren zu entfernenden Chloroforms eine verschiedene Dauer erfordert. Die Herzactionen hören in Folge der sistirten Respiration auf. Versuchen wir nun die Respiration künstlich zu unterhalten, bis die erlösten Centren dieser Function wieder vorstehen können, so wird auch das Herz zu pulsiren fortfahren. Da die Dauer, in welcher die Function der Nervencentren wiederkehrt, verschieden ist je nach dem Quantum des Chloroforms, wir aber dieses letztere nie genau bestimmen können, so dürfen wir von der künstlichen Respiration nie zu frühe abstehen. Wie lange der Herzpuls hinausgezogen werden kann, davon ein eclatantes Beispiel.

Bei einem Kaninchen der 7. Reihe (pag. 20) wandte ich nach Sistirung der Athembewegungen künstliche Respirationsversuche an und steckte zu diesem Behufe das eine Ende eines Schlauches zwischen die Zähne des Thieres, während ich in das andere die Spitze eines Blasebalges befestigte. Nachdem ich 10 Minuten lang die Respiration ohne Erfolg unterhalten hatte, öffnete ich die Trachea, brachte eine Canüle in dieselbe und begann nun von neuem die Respiration nachzuahmen. Ich machte die Tracheotomie in dem Glauben, dass auf die erste Weise nicht Luft in genügender Menge in die Lungen eingetreten sei. Nachdem ich wiederum während einer Viertelstunde unausgesetzt die Respiration unterhalten hatte, ohne dass eine normale Athembewegung eingetreten war, unterliess ich das Experiment und schritt zur Section. Bei dem ersten Schnitte strömte mir das Blut einer durchschnittenen Arterie entgegen. Offenbar agirte das Herz in diesem Momente noch, obgleich die künstliche Respiration 25 Minuten gedauert hatte.

Dem Einwurfe, warum nicht immer die Lähmung der respiratorischen Nervencentra eintrete, glaube ich durch Nachstehendes entgegnen zu können. Es ist bekannt, dass die Empfänglichkeit der Individualitäten resp. des Nervensystems für das Chloroform sehr verschieden ist und zwar steht die Empfänglichkeit um eine bestimmte Wirkung hervorzubringen in umgekehrtem Verhältniss zum Quantum des Chloroforms d. h. je grösser die Empfänglichkeit, desto weniger Chloroform bedürfen wir zur Erreichung einer bestimmten Wirkung. Betrachten wir die Wirkung als das Product der Empfänglichkeit und des Quantums, so wird, wenn erstere $= E = 8$ und letzteres $= Q = 4$, die Wirkung $= W = 32$ sein. Nehmen wir nun an, W 32 sei die zu erzielende Wirkung, so nehmen wir, da wir E ziemlich gleich voraussetzen, das durch die Erfahrung festgestellte Quantum Q 4. Die Grösse von E zu bestimmen, liegt ausser unserer Berechnung. Ist diese nun bei einer Person $= 10$, so wird W $= 40$ oder vielleicht dem Tode gleich sein. Es kann E so gross sein, dass Q 4 nicht einmal erforderlich ist, um W 40 ($=$ Tod) herbeizuführen und auf *diese grosse Empfänglichkeit von Seiten des Nervensystems möchte ich die rapiden Todesfälle zurückführen.*

Antidota.

Ein sicheres Antidotum gibt es nicht. Wie nur irgend zweideutige Symptome (zunehmende Blässe des Gesichts, unregelmässige Respiration, unregelmässiger Puls etc.) sich zeigen, so sind die Inhalationen auszusetzen und ist der Kranke der frischen Luft zu exponiren. Besprengen mit kaltem Wasser, kalte Begiesungen, Reizung der Nase, und des Larynx werden dann im Stande sein, die Respiration wieder zu kräftigen.

Gelingt es aber diesen Mitteln nicht, den Collapsus aufzuhalten, wird der Kranke immer blässer, stellt sich die facies hypocratica ein, wird die Respiration höchst unregelmässig, setzen die Athemzüge aus, bedeckt sich der Körper mit kaltem klebrigem Schweiss, ist der Puls nicht mehr zu fühlen, so ist augenblicklich zur künstlichen Respiration zu schreiten. Der Arzt legt zu dem Zwecke seinen Mund auf den (mit einem dünnen Leinwandläppchen bedeckten) Mund des Kranken und sucht die Lungen desselben soweit wie möglich aufzublasen, während ein Assistent durch Druck auf das Zwergfell und die Thoraxwandungen die Exspiration zu bewerkstelligen hat.

Da die exspirirte Luft nicht sonderlich tauglich ist zur Respiration, so dürfte hier ein Apparat am Platze sein. Derselbe dürfte wie Apparat Nr. IV. aus einem Schlauche mit dem beschriebenen Krahnen bestehen, an dessen einem Ende ein Mundstück angebracht wäre, welches luftdicht den Mund des Kranken umschlösse und dessen anderes Ende mit einem Blasbalg verbunden wäre, welcher aber nur so viel Luft, als zu einer mittleren Respiration erforderlich ist, fassen dürfte.

Kehrt der Kranke ins Leben zurück, so ist er schwach und seines Verstandes meist nicht mächtig. Oft wird er von heftigen gastrischen Störungen gequält, die gewöhnlich bald wieder vorüber gehen. Wo sie länger dauern, erfordern sie die gewöhnlichen Mittel, Kaffee, natr. bicarb. etc. Bei sehr beschleunigtem Puls nitrum, natr. aceticum. Bei Depression des Gehirns ammon. carbon.

Als Antidota sind noch gerühmt morphium (Bereth), Electromagnetismus, gas oxygenium etc. Dr. Escallier führt zwei mit Leinwand umwickelte Finger bis an die Oeffnung des Pharynx; Stanelli rühmt den Schleim von der Stimmritze zu entfernen. Den Versuch kann man immer machen, doch ist hiermit, sowie mit der Laryngotomie nicht viel Zeit zu verlieren, sondern sogleich zur künstlichen Respiration zu schreiten. Die Pause zwischen der Sistirung der Athembewegungen und dem Aufhören des Herzpulses ist eine sehr kurze und hat einmal das Herz zu schlagen aufgehört, dann sind alle Versuche, das entflohene Leben zurückzuführen, vergebens.

Recapituliren wir die ganze Abhandlung, so dürften sich folgende Punkte für die Anwendung des Chloroforms aus derselben ergeben.

1) Das Chloroform muss nach einer bestimmten Methode bereitet und seine Stärke festgestellt werden; dann ist es von Zeit zu Zeit auf eine etwa stattgefundene Zersetzung zu untersuchen.

2) Das Chloroform darf nur geübten Händen anvertraut werden.

3) Der Zustand des Nervensystems der Kranken ist vor der Application des Chloroforms genau zu untersuchen, sowie auch etwaige Krankheitszustände zu berücksichtigen sind.

4) Die Inhalationen sind in der oben beschriebenen Weise anzustellen.

5) Kein Alter und keine Krankheitszustände sind bis jetzt bekannt, welche die Anwendung des Chloroforms mit Bestimmtheit contraindiciren, wenn auch einzelne der Letzteren, wie Epilepsie, grosse Schwäche etc., besondere Vorsicht erfordern.

Mit Recht kann das Chloroform, wie bereits oben bemerkt, als eine Bereicherung des Arzneimittelschatzes betrachtet werden. Es steht dem Opium nicht allein würdig zur Seite, sondern übertrifft dasselbe in manchen Beziehungen noch. In den Chloroforminhalationen ist uns ein Mittel gegeben, dasselbe längere Zeit zu gebrauchen, ohne die nachtheiligen Einflüsse (Störung der Verdauung) fürchten zu müssen, die bei dem längeren Gebrauche des Opiums stets eintreten. Die Wirkung des innerlich angewandten Chloroforms ist schneller und dauernder, als die des Opiums. In kleinen Gaben innerlich gereicht oder inhalirt, wirkt es deprimirend auf das Nervensystem. Es wird also in allen Krankheitszuständen das Chloroform indicirt sein, in welchen es sich um Beseitigung oder Milderung der vermehrten Thätigkeit sowohl sensitiver, wie motorischer Nerven handelt. Betrachten wir aus der grossen Summe von Fällen, in welchen die Anwendung des Chloroforms statthatte, diejenigen, in welchen es von augenscheinlichem Erfolge begleitet war, so waren es solche, in welchen vermehrte Thätigkeit des Nervensystems entweder den Krankheitszuständen zu Grunde lag, oder wo Letztere sich mit Ersteren combinirten. Gerade dass man in Fällen, in welchen die übrigen gerühmten Mittel ohne Wirkung blieben, noch zuletzt seine Zuflucht zu dem Chloroform nahm, hat den Gebrauch desselben zu der jetzigen Allgemeinheit erhoben und die Aufstellung bestimmter Indicationen bis jetzt unmöglich gemacht. Wenn der Enthusiasmus der Practiker sich erst ein wenig gelegt, das Probiren einer rationellen Anwendung Platz gemacht hat und die Krankheitszustände, in welchen von dem Chloroform nichts zu erwarten steht, aus der übrigen Zahl ausgeschieden sind: dann wird sich auch die Anwendung desselben auf bestimmte Indicationen zurückführen lassen.

Inhalt.